中国作家协会网络文学研究院(杭州)重点学术扶持项目

中国网络文学研究名家论丛 | 夏烈 主编

新世纪文坛与新媒体文学

▷ 白烨 著

宁波出版社
杭州出版社

"中国网络文学研究名家论丛"组委会

顾　问　陈崎嵘　臧　军　曹启文　应雪林
主　任　沈旭微
副主任　唐龙尧　夏　烈　袁志坚　尚佐文
委　员　肖惊鸿　叶　凯　何晓原　马　季　陈曼冬

主　编　夏　烈
编　委　徐　飞　陈金霞　钱登科　田　璐　俞丽芸

序 一

且为网文鼓与呼

陈崎嵘

历经二十余年的蓬勃生长与大浪淘沙,中国网络文学为普罗大众所接纳、熟知和欢迎,成为一种谁也无法忽视的世界级文化现象。

网文忆,最忆是杭州。这里有三秋桂子、十里荷花,更有百名大神、数个首创。在社会各界大力支持下,中国作家协会网络文学研究院、中国网络作家村、中国网络文学周,先后落户杭州白马湖畔。一时云蒸霞蔚,风生水起。

自然不能说这三块金字招牌发挥了多么巨大的作用。在笔者看来,它们的主要意义在于首创,在于拓展人们对于网络文学认知的阈值。

当然,作用还是有些的。譬如,中国作家协会网络文学研究院聘请了一批专家学者,坚持不懈地开展网络文学研究,并取得了一系列成果。"中国网络文学研究名家论丛"的推出,即是佐证。

收入此辑的9种研究专著，撰写者都是国内多年坚持网络文学研究，并为业界所广泛认可的专家学者。长期以来，他们跟踪中国网络文学的发展流变，直面网络文学现场，将自己的目光聚焦于网络文学和网络作家，从而清晰地勾勒出中国网络文学发展的历史与态势；他们将中国网络文学放到新世界、新世纪、新时代、新文坛、新媒体、新技术的大格局中，加以观察、比较、互鉴，得出关于中国网络文学性质、特质、价值、意义、成因的判断，认定中国网络文学是新型的人民文学，或许可使中国网络文学扬名立万；他们剖析千百部网络文学作品和千百名网络作家，从历史文化传统、神话知识谱系、外国魔幻奇幻因素影响、当下中国读者阅读审美习惯诸方面，梳理出中国网络文学的类型化、男频女频世界、超长文本、金手指和异能、网络文学共同体等的合理性、可持续性，为业界注入信心与动能。

需要说明的是，上述研究专著，并不是中国作家协会网络文学研究院研究成果的全部，还有几位被聘专家的专著，因各种原因而未被列入；它们更不是全国网络文学研究成果的集大成，而只是网络文学理论评论大海中几朵绚丽的浪花，是网络文学理论评论森林里几束翠绿的枝叶。但笔者依然认为，这些成果对于中国作家协会网络文学研究院乃至中国网络文学界，仍是一个可喜的收获，对于当前网络文学创作与研究亦有所裨益。

笔者并不认为我国网络文学的研究状况已令人满意。恰恰相反，笔者曾在多个场合反复阐述网络文学理论评论滞后于网络文学创作实践的观点，竭力呼吁加强网络文学研究队伍建设，强化网络文学研究工作，继续充分发挥中国作家协会网络文学研究院及其他研究基地、研究中心的作用。尤其要探索网络文学的网上评论，开辟"网来网去"的路径。研究者要"下海冲浪"，在创作现场与作者、网民互动，积极扮演"战地记者"，尝试进行"现场直播"。也许，那样的网络文学评论与研究，更接"地气""人气""网气"，更有可能受到网络作家和网民读者的欢迎。

我们有理由期待，并祝贺"中国网络文学研究名家论丛"的编辑出版。

2022 年 5 月

（本文作者为中国作家协会网络文学委员会主任、中国作家协会网络文学研究院院务委员会主任，中国作家协会书记处原书记、副主席。）

序 二

集结与开放
序"中国网络文学研究名家论丛"

夏 烈

"中国网络文学研究名家论丛"是位于杭州的中国作家协会网络文学研究院立项扶持的重点学术项目。2020年启动,历时两年,第一批成果9种即将付梓。作为丛书主编,照例要写几句。

首先,是关于这一丛书的起心动念。作为中国网络文学二十余年场域内的一分子,除了与广大的网络作家、产业平台乃至粉丝受众时相交流、共同成长以外,我更多的时间是在与网络文学研究、评论界的同道们聚首、开会、评审、撰稿。可以说,面对网络文学这个"一时代之文学"的大势新潮,高校文科、作协、文联以及相关文化单位的文学研究者、批评家逐渐从三三两两到小股的轻骑兵,再到今时今日蔚然生动的集团军——中南大学欧阳友权教授领衔的湘派,北京大学邵燕君教授领衔的京派,山东大学黄发有教授领衔的鲁派,安徽大学周志雄教授领衔的徽派,南京师范大学何平教授或者苏州大学汤哲声教授领衔的苏派,自然还有杭州师范大学的我和单小曦教授领衔的浙派。其余如厦门大学黄鸣奋教授,中国社会科学院陈定家教授,中国作家协会网络文学中心何弘主任、肖惊鸿研究员,鲁迅文学院王祥研究员,中国作家协会网络文学研究院马季研究员,首都师范大学许苗苗教授,等等。在时代的波澜涌起和文科知识分子的勇毅开拓中,网络文学的研究评论渐成声势,结成一片绚烂的花果园,此既可谓顺势而为、终有小成,亦可谓念念不忘、必有回响。而如果按照我所提出的中国网络文学"场域理论"讲,文科知识分子由此也基本构成了一种力量,在网络文学的发展矩阵中多少占有一股博弈与合作的话语权,他们从理解、参与入手,贯注着所主张的人文价值和审美价值,提倡网络文学的精品化和经典化。对于这些因时而起,富有学术敏感力和打破舒适区、主动迎接挑战的奠基者,我一直就想策划那么一人一册的一套丛书。

是宁波出版社的总编辑袁志坚兄主动找了我。在他之前,也有一些意向合作方,但或因我的怠懒,或因合作条件过于亏欠作者而作罢。袁兄以现当代文学专业的当行本色来劝服我合作一把,我才觉得应鼓足勇气落实实施。之后申报给中国作家协会网络文学研究院,获批了重点项目。这些成了我邀请各位师友的背景、靠山。所以,感谢这些合作方的领导,更感谢第一辑送来书稿的作者,以及那些当下虽无成稿却答应俟之将来的作者们。我深深觉得,网络文学研究评论在学界文坛走来不易,同行者之间的互相鼓励支撑是最可宝贵的财富,这一时代赋予的新的学术共同体还有待我们之间的大力合作、建设、砥砺、珍惜。

其次,是想说说"研究名家"的命名。这对于网络文学研究评论来讲还算新鲜。除了上述讲到的二十余年来渐成声势的一批代表人物,这个"研究名家"的命名,还跟当下网络文学研究评论界已然涌现的"三代"学人群体有关。也就是说,在网络文学研究评论现场,大致形成了具有传帮带传统的三个年龄代际学人的在场,他们共同构建起研究队伍的金字塔结构,从客观上、体制上完成着长幼有序、渐成学统规模的"名家"体系。比如黄鸣奋、欧阳友权从文艺理论学科介入,白烨从现当代文学史、文学评论介入,汤哲声延续前辈范伯群先生从通俗文学介入,等等,他们都是"50后"学人,构成了第一代网络文学研究队伍;陈定家、邵燕君、马季、王祥、黄发有、肖惊鸿、何平等是"60后",夏烈、周志雄、许苗苗、庄庸、单小曦、禹建湘、杪椤、房伟、黎杨全、乔焕江等是"70后",黄平、丛治辰等是"80后"(80初),他们基本构成了第二代网络文学研究队伍;吉云飞、肖映萱、李强、王玉玊、高寒凝等是"90后",是正在迅速崛起的第三代网络文学研究队伍——正是这样的"三代"学人的构成与建设,为我们及时、必要地推动中国网络文学研究名家论丛做了时间上、思想上、结构上的准备。也是在这个意义上,我们希望这套丛书是开放性的,逐渐加入和整合"三代"甚至未来的网络文学学人队伍,包括海外网络文学研究(汉学界)以及网生网络文学评论家的名家之作。

  目前第一辑的9种,分别是白烨的《新世纪文坛与新媒体文学》、黄鸣奋的《人工智能与网络文艺》、王祥的《人类神话:网络文学神话学研究》、周志雄的《直面网络文学现场》、夏烈的《故事与场域:以网络文艺为中心》、陈定家的《有无之间:网络文学与超文本研究》、马季的《中国网络文学简史》、肖惊鸿的《网络文学的两个世界:男频和女频名作比较》、庄庸的《网络文学青创爆款方法论》。他们运用了各种理论武器,并将视野扩及网络文学的内部研究和外部研究乃至更广泛的网络文艺、人类文学艺术的生态研究——只有这样,才能更好地认识、理解和发展、建构不断变化中的"一时代之文学",但他们的共同点也是明确的:扎根网络文学场域,从网络文学的文本、现象、特点出发讲话,将网络文学放诸传统——当下——未来的三维、四维、多维结构中交流构想,力求不空论、不强制、不故陋,展卷阅读之中能够感受到研究者、评论家们丰富的学术兴奋点和饱满的思想乐趣。此外,这也可以看作是一次当下学院派(含协会派)网络文学研究代表人物的集结。

中国网络文学是有文化根的当代创作,也是充满民间性、未来性和国际性的文化厚壤。二十余年的创作长廊至今依然拥有巨大的创作活力、市场活力、传播活力和阐释活力,容得下更多的研究者、评论家如蜂子般勤奋采集与酿蜜,这是时代文学气象赐予时代学人的崭新乐土,可圈可点、可赞可弹、可庄可谐,更可以出名家而卓然为峰——"海到尽头天是岸,山至高处人为峰"。习近平总书记对哲学社会科学界讲,要"真正把做人、做事、做学问统一起来"[1],坚持做好一个时代的文学工作,相信也能实现山高人为峰的理想境界。此与同行共勉!

是为序。

2022 年 6 月

(本文作者为中国作家协会网络文学研究院副院长,杭州师范大学文化创意与传媒学院教授、博士生导师。)

---

[1] 《习近平在哲学社会科学工作座谈会上的讲话》,《中国教育报》2016 年 5 月 19 日,第 1 版。

目　录

态势扫描

"三分天下"：当代文坛的结构性变化 …………………… 003
新变、新局与新质 —— 为新世纪文学把脉 ……………… 015
新世纪文学的新格局与新课题 …………………………… 033
分野、分流与分化 —— 媒体时代的文学流变考察 ……… 040
文学新演变与文坛新常态 ………………………………… 049
新世纪文学20年的走势与前景 …………………………… 072

现象观察

网络文学：多方发力图自立 —— 2013年文学观察 ………… 079
类型小说的喜与忧 ………………………………………… 083
网络文学的超文学意义 …………………………………… 088
网络文学的新动向与新问题 ……………………………… 093

网络文学需要强化文学元素 ………………………… 099
就网络文学答《中华读书报》问 ……………………… 103
就网络文学答《中国科学报》问 ……………………… 107
新关系与新观念 —— 网络对于当代文学的影响简论 ……… 111
网络时代的批评作为 …………………………………… 120
有限性与可能性 —— 传统批评与网络文学 ……………… 124
网络文学的新使命与新课题 …………………………… 128
网络文学的人民性特质 ………………………………… 133
在强国战略的大格局中发展网络文学 ………………… 137

作品评说

他开启了人文科幻的星空 —— 从《三体》看刘慈欣的科幻写作
………………………………………………………… 147
历史小说写作的一部力作 —— 阅读《芈月传》随感 ……… 151
靠近传统文学的网络小说写作 —— 读杨蓥莹的长篇小说《凝暮颜》
………………………………………………………… 153
俗世的观察与世俗的批判 —— 评米米七月的长篇小说《肆爱》
………………………………………………………… 157
暧昧的况味 —— 鱼人二代的《很纯很暧昧》简说 ………… 160
小中见大　平中有奇 —— 评辛夷坞的长篇新作《浮世浮城》
………………………………………………………… 165
让人惊悚的荒诞 —— 读慕容雪村的长篇新作《伊甸樱桃》
………………………………………………………… 170

有意味　见胆识 —— 评雪夜冰河的长篇小说《无家》……… 174
职场小说的可喜力作 —— 读《浮沉》有感…………… 178
迷局相连的背后 —— 评无意归的《杀梦》…………… 181
魔幻文学的难得力作 —— 读《封神天下》（黄金卷）有感
　………………………………………………………… 186
一部彰显文学功力的小说 —— 庞贝小说《无尽藏》……… 188
悬念丛生又新意迭出 —— 简谈新科幻小说《脑控》……… 190
网络文学的成长簿记 —— 读马季的《读屏时代的写作：网络文学 10 年史》………………………………………… 193
富有多重意义的研究成果 ——《浙江网络作家群与网络文学"浙江模式"研究》序………………………………… 197

后　记 ……………………………………………… 205

态势扫描

"三分天下"：当代文坛的结构性变化

对于如何认识近年来文学的演变与当下文坛的现状，人们的看法沸沸扬扬，不一而足。在我看来，现在文坛的主要问题，已不是一般意义上的"文艺创作"问题，或"文艺批评"问题，而是文艺创作的环境氛围发生了巨大变化，文艺领域本身出现了新异的变动，现在的文坛与过去的文坛已经完全不同了。

当前的文艺与文坛的状况，可以说活跃与繁杂并存，机遇与挑战同在。这样的一个现状，是与从社会到经济到文化的"市场化""全球化""信息化"和"娱乐化"等大的背景、大的环境密切相连的。应该说，这种新的现实，不仅超出了原有的预想，而且大大超出了我们已有的经验，是一种全新的文学存在。因此，全面而客观地认识变化了的并且还在变化中的现状，是置身于其中的文学从业者的当务之急，也是文学、文化领域的领导者和管理者的当务之急。因为只有切实认清了现状，才能真正谈得上更好地把握现状。

一、文坛现状的"三分天下"

与以前的文学时期相比，进入新世纪之后的文学，因为社会生活的急速发展和文化环境的剧烈变化，遇到的问题和面临的挑战，日益由外部深入内部，这使得文坛不可能不相应地发生变化，而这种变化既是潜移默化的，又是极其巨大的。

我们过去的文坛，大致上是以专业作家为主体队伍，文学期刊为主要阵地，作协、文联为基本体制的一个总体格局。这样的一个当代文学的传统结构模式在进入 20 世纪 80 年代之后，就在种种革新与冲击之下，产生了一些显而易见的变易，如政治意识形态让位于文学本体理念，民间写作大量涌现，等等。而 20 世纪 90 年代以来的以市场经济为中心的社会变革，广泛而深刻地影响着社会生活的方方面面，这使得文学赖以存身的经济基础、文化环境和传播手段等都发生了前所未有的剧烈变动。对应着经济基础、文化环境和传播手段的变化，市场化、大众化和传媒化联袂而来，并形成了一种基本定势。可以说，在被动应变和主动求变的两种动因之下，文坛开始发生结构性的变化。比如，几十年来基本上以文学期刊为主导的传统型文学，已逐渐分泌和分离出以商业出版为依托的市场化文学（或大众文学），以网络媒介为平台的新媒体文学（或网络文学）。

传统型文学或主流文坛，在过去，基本上就等于整个文坛。由作协、文联系统举办的各类文学期刊，是文学作者学习写作和发表成果的基本阵地，也是文学读者阅读作品和瞭望文坛的唯一窗口。一个作者要从事文学、进入文坛，在文学期刊上发表作品和演练自己，是必经之路。现在则不然，一些作者可经由出版运作直接出书，一些作者可在文学网站自由发表作品，文学的进路与出路都较过去更多了。但文学期刊仍然以严肃文学的坚守和高质量作家作品的推出，成为整个文坛的重要构成和中心所在。这可由三个方面来看：一是由各级作家协会和有分量的出版社主办的文学期刊，联系着长期从事创作的各类文学作者，尤其是一大批造诣较高、影响较大的专业作家，这使它聚集了当下文坛最为重要的创作力量；二是文学期刊因为作者素质高，办刊专门化，所发表的各类作品都代表了同个时期的重要成果和较高水准；三是文学期刊本身也在不断变更，过去相对圈子化的现象开始有所打破，一些过去被忽略了的领域如长篇小说、散文随笔、青少年文学等，都有专门的文学期刊开始涉猎，这使得文学期刊在代表性与影响力上都有新的提升。所以文学期刊这一块，虽然在整体上的影响不如过去，甚至经常面临生存困境，但它仍然是当下文学的主体构成部分。

市场化文学是在文学图书的大众化出版与商业性营销的过程中逐渐浮出水面的。文学出版自新时期以来得到了较大的发展，但长期以来都只是文学期刊的延续与补充。在以前，一个作者如不具有一定的知名度与影响力，是很难出书的。只有那些在文学期刊上发表了一些作品并造成一定的影响之后的重要作家，才有可能结集出书。而长篇小说作品，也往往是先在文学期刊上连载之后，再行出书。进入20世纪90年代之后，情况便发生了明显的变化。因为出版行业的逐渐市场化，尤其是民间力量介入出版后，强化了市场运作与媒体炒作，文学出版开始由过去的以作者为主转而走向以读者为主，一些文学名家的力作经由"炒作"，大幅度地提高了印数，一些无名作者的作品也可经由精心包装，走进图书市场甚至成为畅销作品，文学出版由此进入了市场化的新阶段，而且逐步形成了以长篇作品和大众读物为特色的文学图书阵地。因为门槛较低和"炒作"介入，文学图书的出版存在着数量与质量不成正比、质量上又参差不齐等诸多问题。

新媒体文学从现在看，主要是网络文学，但从发展看，手机文学也在蓄势待发，极有可能借助其新功能的开发获得长足发展。网络文学与博客写作是近年来随着互联网的飞速发展而迅速崛起的一个领域。借助网络平台，一些文学爱好者和写作者，或建立自己的写作基地、文学网站，或参与一些门户网站的写作竞赛，先经由网络媒介造成一定的影响，转而出书，或跻身主流文学创作行列，或成为流行文学和时尚写作的新贵。网络写作的长处与短处，都在于它的写作的"自我"，发表的"自由"。这既可能使那些别有才情的作者脱颖而出，迅速成长，也可能会使那些重"名"不重"文"的、"自鸣"不"自知"的写手得以寄身甚至成名。自从博客写作这种新的形式出现之后，以种种非文学的、非常规的手段吸引受众、博取眼球的倾向，大有愈演愈烈之势。虽然网络文学总体来看还在成长与发展之中，并且泥沙俱下，良莠不齐，但因为网民数量的急剧增长和年轻网民的普遍介入，其影响却越来越大，越来越广。

当下文坛这种正在一分为三的情形，带有相当的必然性。这样一个走向的动因，无疑是综合性的，并非单靠文学本身所能促动和形成。我们需要做的，或者我们应该关心的，不是这样一个格局该不该有和好与不好的问题，而是必须面对这样一种已经存在的情形，在走近它和认识它的过程中，就其如何良性生长和健康发展做出我们实事求是的预见和力所能及的努力。

二、批评自身的"三分"趋向

置身于多变又缭乱的环境，经受着潮起潮落的冲击，文学批评不能不受到一定的影响，从而也使自己发生某些微妙的异动与显见的新变。

概要地考察批评的变化与现状,可以说当下的文学批评显然是在不断分泌和逐步分化,甚至也有"一分为三"的趋势,这就是以传统形态的批评家为主体的专业批评,以媒体业者及媒体文章为主角的媒体批评,和以网络写作,特别是博客文章为主干的网络批评。这样三种类型的批评的共存与共竞,构成了当今文学与文化批评的基本态势,并以各自的方式与特色支撑着新局和影响着受众。

传统形态的文学批评,大致主要由两类批评家构成。一类是就职于高等院校、科研机构的当代文学教研工作者,他们要么有着较好的文艺理论根基,要么有着深厚的现代文学功底,他们的文学批评更多地体现出文学研究的特质,在话题的选取与论题的阐述上,也相对地以沉稳扎实见长。研讨当代文学中一些相对稳定的现象与一些比较重大的问题,是他们的强项之所在。另一类是供职于作协、文联系统和一些文化部门的文学批评从业者,他们因为较多地阅读作品和长期跟踪文学现状,对于文学发展中的动向与走向、文学创作中的新人与新作等,更有兴趣也更为敏感,常常在及时性的论评与"现场感"的解说中,表现出审美的敏感与批评的灵动。这样的两种批评群体与批评类型的相互联结与彼此呼应,构成了当下传统形态文学批评的基本阵势。一些专业的文艺报刊,一些专题的作品研讨,是这种文学批评的两个基本阵地与主要活动方式。

媒体批评,是伴随着近年来媒体的强势崛起和持续发展逐步凸显出来的。它的基本队伍构成,主要是有关报刊、网站、电台、电视台中专事文学、文化新闻、文艺副刊、读书栏目的记者与编辑,以及背后依托的各类媒体平台。如许,媒体也可做多种角度的细分。如就其主办身份与主要面向而言,有专业类的,有行业类的,有党政系统的,有大众市民的;就其发表与传播的形式而言,有纸质的,有网络的，有视频的，有音频的。当这些不尽相同的媒体，涉及文学与文化领域的现象的采访与报道之后，便会显现出媒体行业所特有或所通行的一些基本取向，那就是从找"焦点"、造"热点"的职业需要出发，把现象话题化，把事情事件化，更有甚者，可能会在引申之后趋向戏剧化，引向娱乐化。无论是一部作品的问世，还是一种倾向的发生，媒体是否关注和怎样关注，都显得十分重要。同一场座谈研讨，同一部作家作品，都会出现角度不一、侧重不同的报道与评说，这都与不同的媒体人和不同的媒体平台密切相关。有时候，作家写了什么，评论家说了什么，人们也只有通过媒体的介绍才能够略知一二。而通常经由媒体报道出来的，也是经过了一定的选择，经过了媒体人的浸润。因为媒体是舆论的工具，是信息的管道，所以媒体批评对社会受众的影响广泛，具有某种不可替代性，成为传统形态文学批评的重要又必要的补充。

网络批评原来并不怎么彰显，原因在于这类批评的文章与言论并不多见，即便有一些近似于批评的文章，也往往被那些作品性的写作与"炒作"所遮蔽。但近年来，这种状况由于网络传媒的趋于成熟和博客写作的愈演愈烈，得到了相当程度的改变，网络批评逐渐显露端倪并迅速发展起来。它的基本表现形态，主要为门户网站、文学网站中的批评性文章和博客写作中的批评性言论。这些文章与言论的作者，包括了各色人等，其中不乏专业人士，但因为网络写作的自由与率性，以及某些时候的隐身与匿名，这些文章与言论，普遍以犀利、尖刻和酷评见长，并带有相当的草根性与民间化倾向。因为博客写作的普遍性、互动性与链接性，使得网络批评活力四射，影响也越来越大。无论是批评一种现象、评说一部作品、谈论一个人物，抑或是自我声明、自我辩诬、自我澄清，网络文章与言论都会在网际迅即传播,广为流传,并为纸质传媒所迅即转载和广为扩散,为更多的人所知晓。从目前的情形看,网络批评的内容还比较纷纭与庞杂,带有极其强烈的个人化色彩和随意性特点,其普遍涉及的内容与总体上的倾向,与其说是一种文学批评,不如说是一种文化批评、社会批评。其虽然刚刚生成和正在成型,但是表现出极强的生长力、影响力与辐射力,个中包含的能量、潜质与前景,却是完全不可小觑的。

文学批评的这种分泌与分化,已是一种客观存在的现实,但在看到这种变化了的现实的同时,还必须清楚地认识到,这些不同的批评在其内在分量上并非半斤八两,不分轩轾。传统形态的文学批评在当下的文学、文化活动中,仍扮演着举足轻重的角色,这不仅在于它介入创作、解读作品中显得更为内在和深入,还在于它以专业的性质和美学的品质在总体文学批评与文学活动中,无可替代地起着主导性与引领性的作用。

客观地讲,当下的文学批评正面临前所未有的挑战。文学批评遇到的问题,既有批评本身进取不够的原因,更有背后的文化环境发生异动以及对象本身陡然增多的原因,总之是各种内外因素综合构成的。因此,谈及文学批评问题时,我们需要讲一句话,那就是文学批评需要改进和调整,也需要理解与支持。

文学批评现状存在的问题,为文坛内外所广泛关注,在 2008 年更成为一个热点话题。问题确实存在,也迫切需要改进,比如,面对俗化的文化环境和缭乱的文学现状,批评家需要增强社会责任心,增强历史使命感,并以知识分子的良知、审美高端的感知,观察现状,洞悉走势,仗义执言,激浊扬清。要超出对于具体作家作品的一般关注,由微观性现象捕捉宏观性走向,由代表性现象发现倾向性问题；该倡扬的要敢于倡扬，该批评的则勇于批评，对于一些疑似有问题的倾向和影响甚大的热点现象，要善于发出洞见症结的意见和旗帜鲜明的声音。要通过这种批评家自身的心态与姿态的切实调整，强化批评的厚度与力度，逐步改变目前这种文学批评宣传多于研究、表扬多于批评、微观胜于宏观的不尽如人意的现状。为着适应不断变化的文学现状，批评家在观念、方法和语言上，要及时地吐故纳新，不断地与时俱进。比如有的批评家的思想与情绪还停留在 20 世纪 80 年代，没有完全走出"新时期"的情结，这使得他们在看待现状和表述问题时，都有一定的滞后性，明显地与当下现实相错位或相脱节。还有不少活跃于当下文坛的批评家，在知识结构与理论准备等方面几十年"一贯制"，少有新的吸纳和大的变化，因此在面对超出已有经验的新的文学现象时，要么是文不对题，要么就失语、缺席，显得力不从心和束手无策。

　　文学批评中这些问题的出现，有着复杂的原因，这些问题的解决，也需要综合性的手段。要看到现在的批评所面对的对象，不仅增多了，变大了，而且也新异了，复杂了。过去的文学批评，基本上面对的是一个相对单一的传统文学与文坛，而现在的批评在传统文学或主流文学之外，还要面对市场化文学，新媒体文学或网络文学。如果要如实描述现在的批评与现状的关系，可以说是缩小了的批评，在面对一个放大了的文坛；相对传统的批评，在面对一个活跃不羁的文坛。这种事实上的不对等和不平衡，正是批评的难处与挑战之所在。

　　因而，批评问题的解决，需要人们的理解与多方面的扶持。

三、诸多问题与严重挑战

文学在其发展变化之中，产生新的矛盾，出现新的问题，是难以避免的，甚至带有一定的必然性，这并不足为怪。需要的是不断去发现问题和解决矛盾，以求得新的平衡和新的进取。但目前文坛存在的问题，似乎并没有得到有关方面的发见与重视，且有愈演愈烈之势。这些问题从宏观方面来看，主要表现在三个方面。

第一，对新兴文学板块关注不够，市场化文学与新媒体文学都缺少应有的研究与批评。

自20世纪90年代中后期以来，因为出版的日益市场化，文化的趋于娱乐化，在文学出版中，根据大众阅读的需要，有针对性地策划和运作相应的图书，越来越成为出版行业的流行趋势与通行规则。这使文学出版开始由过去的以职业作家尤其是少数名家为重心的旧的定势，转向以一般读者甚至是大众读者为重心的新的定势。在这种趋势之下，除当代文学的少数名家继续成为图书市场的稳定主角之外，适应青少年读者的青春文学，流行于网络的类型文学等，都纷纷登场，成为图书市场上新的宠儿。这两大类文学作品，依托网络与传媒的传播，依靠年轻读者的追捧，在文学图书销售中遥遥领先，在实际的文学阅读中影响甚大。如以《杜拉拉升职记》为代表的职场写作，以《驻京办主任》为代表的时政文学，以"鬼吹灯"系列为代表的悬疑小说，在出版之后，一直稳居近年来图书销售榜的前列，印数累计都在百万册以上。为了形成品牌，利用资源，这些作品的作者与有关的出版社联起手来，继续打造续集，而这些续作推出之后，照样畅销，持续不衰。

与这种新兴文学迅速发展形成反差的，是有关文学批评的严重缺席。可以说,近几年来,对于这样一些行销于市场的图书,无论是单个作者与单部作品,抑或是一种倾向、一个类别,都没有什么评论性的文章加以分析和论说。这种缺席,有两个显见的原因。一是主流的文学批评家不了解又不屑于去介入,以为这些作品少有文学性,不值得去认真关注。二是那些喜欢这些作品的人们,大多没有能力站在更高的角度去分析和品评。但畅销不衰和读者甚众,一定有其原因。这种原因也许包含了文化性的因素,还包含了社会性的因素,也许包含了积极性的因素,又包含了消极性的因素,恰恰需要从文学与文化的角度做出有见解力与说服力的分析与评论,从而对这类作品的写作、出版,与阅读的各个环节,产生相应的影响。

第二,价值标准多元而混乱,没有形成一定的共识,不同的观念之间也缺乏沟通与宽容。

近些年,随着人们思想观念的变革与开放,旧的观念不断变更,新的观念不断产生,各种观念都有存在的可能与生存的空间,整体上真正走向了多元化。但同时产生的严峻问题是,谁都可声扬自己的观点,坚持自己的观念,都认为自己掌握了真理,对不同的观念或不以为然,或不屑一顾,不同的观念相互抵牾,甚至在不同的区域与板块流行不同的观念。这使得那些有关文学的基本的、整体的和长远的观点与观念,在相当程度上受到了冷落、遮蔽与淡化,使文坛不同群体和不同板块之间,相互不通气、不服气,也相互不理解、不理会。

市场与媒体在相互借力中的勃兴与盛行,并不只是简单的经济活动和单纯的媒介活动,它们还负载了一定的价值观念,并在实际运行过程中对人们的思想观念产生潜移默化的影响。比如,市场交换原则所连带着的实利、实惠的价值取向,市场化出版所体现的只追求读者众多,而不太顾及内容的功利化原则,媒体(包括纸媒、影视与网络)所极力倡导的"娱乐至上",所尽力推行的"吸引眼球"策略,看起来是为了争取和服务更多的受众,其实背后是把受众换算成点击量、销售量,乃至订阅数、印刷数,最终还是落实在最大经济利益的获得上。这里边应该有的一些必要的尺度,在一些急功近利者那里,完全失却了。这样的一些文化人、媒体人,实质上成了文化与媒体外衣包装下的生意人。

这种行为与观念的盛行,对当下文坛造成了巨大的冲击,而且不只是表面上的,更有深层次的。在这样一些似是而非的观念与理念的冲击与影响之下,那些本该确定不疑的属于规律性与基本性的观点与观念,现在反倒不那么明朗,不那么响亮,甚至让人们不无疑惑了。比如:在文学创作上,作者要不要保有"责任感";在看待文学的功用上,要不要坚持"寓教于乐";在文学的商业运作中,要不要强调"社会效益";在文学阅读上,要不要提倡"怡情益智";等等。在这样一些基本问题上的看法不一,各行其是,彼此又缺少理解与通融,使得目前在文学活动中缺少一种必要的主导,也使当下的文坛缺少一种应有的和谐。

第三,文学阅读需要引领,对于不同的阅读需求要做具体分析,不要一味强调"适应"与"满足"。

文学阅读的背后,是众多的读者。读者是林林总总、形形色色的,需求也是五花八门,不一而足。就不同年龄层次、不同文化层次的读者来说,阅读的需求就很不相同,阅读的趣味也大相径庭。一般来说,年轻的读者更喜欢在阅读中寻求宣泄与娱乐;文化层次不高的读者,则更愿意在阅读中寻找热闹与消遣;白领读者,愿意在职场小说的欣赏中反观自我;女性读者,更愿意在品味爱情小说中寄寓梦想。这种种需求，或专于快感，或偏于实用，不能说不合理、不适当，但其中显然也存在着高下之分，雅俗之别。而越是囊括了不同层次读者的大众化的取向，就越偏于"尚俗"，乃至"低俗"，这也显而易见和毋庸讳言。

因此，对于不同的读者，不同的需求，既要作具体的分析，也要有自己的定向，如果只是不加分析地去"适应"和"满足"，只会向低俗的方向一路下滑。这样的结果，必然会使图书市场低俗的作品大行其道，并统领市场，而在总体上影响文学创作的质量和整体文学的健康发展。所以，在面向读者和服务读者的时候，不同的环节都要有一个包含了低端更包含了高端的整体读者的概念，甚至要选取一种就高不就低、就雅不就俗的人文立场与基本尺度，至少用一种中性的姿态，在适应读者的需求中引领读者，提高其品位，使文学、文化产品既在经济建设中释放一定的能量，又能够在精神文明建设中发挥独特的作用。

从多种意义上都可以看出，当下文坛的问题，不只是创作的问题，批评的问题，或生产的问题，传播的问题。它虽然主要表现为文学的问题，在根本上却是一个文化的问题，教育的问题，社会的问题，时代的问题。这样去看待和理解问题，我们才有可能认识和把握文坛丰繁而复杂的现状，进而促动文学的和谐与健康发展。

新变、新局与新质

——为新世纪文学把脉

到2010年,新世纪文学已经走过了整整十个年头。新世纪文学在这十年期间,发生的变化是巨大的,遇到的震荡是剧烈的,造成的影响是深远的。而它包孕的多样性、富含的可能性,也前所未有,值得深究。

我曾在一个研讨会上把新世纪文学的新变比喻为"剧场哗变",意思是说:本来当代文坛这个"剧场",是有规矩、有秩序、有分工、有区别的,但演着演着,出了状况,票友上了台,观众搭了腔,台上台下没了界限,演员与观众混做一团,分不清哪里是舞台,弄不清哪些是演员。其情其景,真犹如演《哗变》的剧场莫名地发生了"哗变"。这种比喻当然是蹩脚的,却能形象地描述十年文学的剧变情形,以及带给人们的强烈印象。

对于这样一个变化巨大又内涵复杂的文学现象与现状,任何一个角度与层面的简单判断,都可能既有道理,又非全面,并造成公说公有理、婆说婆有理的争论与对峙。此种情形很像美国著名作家马克·吐温当年游历印度之后感叹的那样:"关于印度的任何一个判断,如果是正确的,那么相反的判断也一定正确。"[1] 当代中国文学与文坛的情形,也与此类似。因此,当下最为需要的,是静下心来,深入进去,仔细观察、摸清脉络,在整体把握中抓取要点,在具体分析中解读难点,从而比较准确地描述出纷繁不羁的现状,比较客观地阐述出其发荣滋长的本相,并在此基础上尽力找出其基本特点与主要经验,及其确实存在和需要解决的问题等。这是一种考验,一种责任,也是一种挑战。

一、延伸与发展

文学在进入新时期之后,就在来自内外的各种动因的合力推导之下,伴随着社会与时代的演进,在20世纪80年代和90年代获得了前所未有的巨大发展。进入新世纪后,文学的这种与时俱进的气宇,势头更为迅猛,形态也更为漫泛,并以向内部薄弱环节的充溢,向外部新的领域的延伸,使文学的内在机制与外在格局都发生了深刻的变易与显见的位移,从而使其演进与现状既表现出一定的延展性,又表现出相当的拓新性。

新世纪中的文学与过去时期的文学,在发展形态上的最大不同,是在创作与批评的主线之外,又以论争纷出、事件频仍的方式,添加了诸多让人眼花缭乱的副线。因此,只关注作家与作品,只观察理论与批评,已经无法全面了解文学发展的情势,难以确知文学运行的轨迹。这样一个状况的出现,是因为文学走进了一个全新的时代,而这个时代的政治与经济的气压与气候,社会与文化

---

[1] [美]马克·吐温:《赤道环游记》,张友松译,江西人民出版社1986年版。

的气氛与气息，必然要给这个时代的文学施以自己的影响，打上自己的印记。

简单地回顾一下新世纪中那些引人注目的事端与事件，我们便可看到新世纪文学不同以往的演变进程与基本特点。

2000年最惹人眼目的，是批评与批判声浪的此起彼伏。年初，1999年出版的《十作家批判书》一书，引起较大反响，之后是发生在余秋雨与余杰之间的"二余之争"，以及王朔的《我看鲁迅》引起的相关纷争。这些争论与争议的具体情形各不相同，但无论大小，都炒得沸沸扬扬，显然或借助了媒体，或被媒体介入。正因为如此，是年的《文汇报》在3月8日的《文艺百家》上，发表了多篇署名文章，对蔚然兴起的传媒批评进行了评说。

2000年，李建军的"直谏陕军"和刘川鄂的"直谏池莉"，以"酷评"的方式，延续了批评的声浪，但更让文坛内外普遍关注的，是上海作协与《文汇报》共同主办的"百名批评家推荐90年代最有影响的作家作品"活动。这个活动由98位评论家推荐出10位作家、10部作品，因未有报告文学与诗歌作者、作品入选，招致了较大的争议。但这个活动却开了另外一个先例，那就是把评选方式引入评论与彰奖的序列，使这种有名誉、无奖金的评选与排行成为此后文坛的一种常见方式。

2002年，《北京文学》在第二期上发表周政保的文章引起"文学存在理由"的讨论。这个讨论由"文学存在理由"说起，落脚到文学为什么"在当下萎靡不振"（李洁非语），实际上是面对变化了的环境与时势，在为处境艰难的严肃文学的坚守与生存出谋划策。这一年的3月，中国小说学会推出了"2001年中国小说排行榜"，有6部长篇、9部中篇和10篇短篇入榜。这个排行榜的评委均为专家学者，眼光无疑具有专业性，但进行"排行"与发布"排行"的方式本身，显然带有浓重的媒体化倾向。

2002年，《诗刊》与全国30个城市发起"春天送你一首诗"活动，倡导文学与诗歌爱好者在节假日撰写与发送有诗意、讲品位的诗体短信，活动意在以"文段子"取代"黄段子"，但却有意无意地引燃了短信文学的星火。2003年，也有一些事情让人记忆犹新，就是湖南、上海等地的多名作家退出作家协会。退会作家的理由各有不同，但社会文化生活空间使得他们可以不依赖体制而生存，确是一个不争的事实。

2004年，深圳作家千夫长完成手机小说《城外》。这部小说共有60篇，每篇70字。这是专业作家创作的"中国首部手机短信连载小说"。是年7月，《天涯》杂志与"天涯社区"联合举办"中国首届全球通手机短信文学大赛"。由此，"短信文学"作为一个新的文学板块进入了当下文坛。

2005年，文学巨匠巴金逝世，这标志着当代文学与现代文学相勾连的部分基本结束。这一年，中国当代文学研究会与《文艺争鸣》杂志社、沈阳师范大学中国文化与文学研究所联合举办"新世纪文学五年与文学新世纪"研讨会。研讨会在怎样看待新世纪文学上众说纷纭，但把这个概念正式引入文学批评与研究领域却功不可没。

2006年，与文坛有关的要闻，首先是中国作协"七大"和中国文联"八大"的召开，以及两家机构领导的换届。但与我有关的发生在网际的"韩白论争"，却构成了网络与媒体关注的另一热点。这一看来是偶然发生的事件，实际上是两代文人在文学观、价值观上的碰撞，而其连带的作用，便是把"80后"现象从文学本身推向了社会前台。

2007年，先是德国汉学家顾彬的"中国当代文学垃圾论"引发争议,后是张悦然、郭敬明等"80后"作家加入中国作协引起热议。两个事件截然不同,但锋芒都指向对于中国当下文学现状的关注,却是不争的事实。

2008年,除去四川汶川大地震引发的"5·12"诗潮外,几乎可以称作是"类型文学年"。这年6月,中国作协创研部举办了"蔡骏作品暨中国类型化小说研讨会"。杭州市作协于2007年成立了全国首个"类型文学创作委员会"后,于这年9月创办了类型文学杂志《流行阅》。这在主流文学体系都属首次,也意味着传统文学与类型文学的相互走近。这年7月,盛大文学有限公司宣布成立。这个成立之初只有三家文学网站的公司,此后不仅引领网络文学风潮,而且在传统文学领域造成极大影响,当属出乎人们意料。

2009年,回顾与总结文学60年的成就与历程,构成了是年文学与文坛的主旋律,但借助德国法兰克福书展举办"中国文学之夜",以及中国作协和湖北、重庆等地方作协向网络作家敞开入会大门,较之以前在"走出去"和"请进来"上,都表现出了较大的力度。这一年更让人惊异和难忘的,是年度出版长篇小说的总量有3000多部,这要比之前的每年1200多部翻了一倍还多。

2010年,在诸多现象之中,有两个重心渐渐凸显,这就是网络文学的"再发展"与中国作协的"被关注"。这一年,盛大文学有限公司连续收购了"小说阅读网""潇湘书院""悦读网"等,使旗下拥有的文学网站近十家,在网络文学领域里一家独大。同时,一些网站还与中国作协鲁迅文学院合作举办了两届网络文学作家培训班。5月,中国作协与广东省作协联合举办了"网络文学研讨会",传统文学与网络文学领域的多名作家、评论家与会进行交流。另一个重心——中国作协"被关注",主要是由网文引起,也主要流行于网际。那就是上半年有人对中国作协于重庆召开的七届九次主席团会议、七届五次全委会的所谓"奢华待遇"表示非议,下半年有人对第五届鲁迅文学奖中具有官员身份的作者获得诗歌奖的质疑。虽然前一个非议属于误传,后一个质疑生枝节外,但此类事件频发的本身,也反映了一些人对于主流文学体制失去信任,或不再敬畏。

在这样的一个活跃又纷繁的演进过程中,文学与文坛看得见的变化,是作者队伍扩大了又庞杂了,作品数量激增了又芜杂了,活动领域扩展了又混杂了,运作手段丰富了又杂沓了。而文学与文坛更深层次的变化,则是文学写作与爱好者带着不同的观念进入文学写作,文学生产与传播者带着不同的动因介入文学制作。而出版的市场化和网络的自由性,正给他们提供了条件与渠道,并与他们在某些方面形成了文学共同体、文化共同体,甚至利益共同体,使得文学从创作到生产,从营销到阅读,在文学的组织机制、生产机制与传播机制等方面,都产生了深刻的变易。因为这一部分生产力量的强力进入与不断磨合,过去的传统文学机制与体制,不说已经变得面目全非,至少也是变得面目模糊不清,与过去的一统性、计划性完全不同,明显地具有了多元性与混合性。

如果说,20世纪80年代的文学演进是以政治浪潮为主导,20世纪90年代的文学演进是以经济浪潮为主导的话,那么,新世纪文学则是包含了政治,也包含了经济,还包含了以前所没有的媒介、网络、信息等多向主因的合力推导的文学演进。在这个意义上,新世纪文学与20世纪90年代文学有直接勾连,与20世纪80年代文学也有密切关系。10年接续着20年,也系连着30年,是一个文学大时段的小时代,是整体当代文学的一个有机构成部分。

二、格局与特点

十年间，文学在各种力量的碰撞与推导之下，发生了怎样的演变，形成了怎样的格局，具有怎样的特点？因为状态本身的纷繁复杂，也由于人们观念的各各不一，在这些问题的观察与判断上，看法并不一致，也是众说纷纭。

在我看来，过去基本上以专业作家为主体队伍，文学期刊为主要阵地，作协、文联为基本体制的一个总体格局，经由20世纪80年代、90年代的不断演进与剧烈变易，已经逐步呈现出一种"三分天下"的新的格局。这就是，以文学期刊为主导的传统型文学，以商业出版为依托的市场化文学（或大众文学），以网络媒介为平台的新媒体文学（或网络文学）。

传统型文学。传统文学或主流文坛，在过去基本上就等于整个文坛。由作协、文联系统举办的各类文学期刊，是文学作者学习写作和发表成果的基本阵地，也是文学读者阅读作品和瞭望文坛的唯一窗口。一个作者要从事文学、进入文坛，在文学期刊上发表作品和演练自己，这是唯一的必经之路。现在则不然，一些作者可经由出版运作直接出书，一些作者可在文学网站自由发表作品，文学的进路与出路都较过去更多了。但文学期刊仍然以严肃文学的坚守和高质量作家作品的推出，成为整体文坛的重要构成和中心所在。这可由三个方面来看：一是由各级作家协会和有分量的出版社主办的文学期刊，联系着长期从事创作的各类文学作者，尤其是一大批造诣较高、影响较大的专业作家，这使它聚集了当下文坛最为重要的创作力量；二是因为作者素质高，办刊专门化，文学期刊所发表的各类作品都代表了同个时期的重要成果和最高水准；三是文学期刊本身也在不断变更，过去相对圈子化的现象开始有所打破，一些过去忽略了的领域如长篇小说、散文随笔、青少年文学等，都有专门的文学期刊开始涉猎，这使得文学期刊在代表性与影响力上都有新的提升。所以文学期刊这一块，虽然在整体上的影响不如过去，甚至经常面临生存困境，但它仍然是当下文学的主体构成部分。

市场化文学。市场化文学是在文学图书的大众化出版与商业性营销的过程中逐渐浮出水面的。文学出版在新时期以来得到了较大的发展，但长期以来都只是文学期刊的延续与补充。在以前，一个作者不具有一定的知名度，是很难出书的。只有那些在文学期刊上发表了一些作品并造成一定的影响之后的重要作家，才有可能结集出书。而长篇小说作品，也往往是先在文学期刊上连载之后，再行出书的。但进入20世纪90年代之后，情况便发生了明显的变化。因为出版行业的逐渐市场化乃至产业化，尤其是民间力量介入出版后，进而强化了市场运作与媒体炒作，文学出版开始由过去的以作者为主转而走向以读者为主，一些文学名家的力作经由"炒作"，大幅度地提高了印数，一些无名作者的作品也可经由包装，走进图书市场甚至成为畅销作品，文学出版由此进入了市场化的新阶段，而且逐步形成了以大众化读物和类型化小说为特色的文学图书阵地，而类型小说已成为当今网络写作与图书市场的主要品类。2009年，长篇小说出版总量计3000多部，主因就是大量的类型小说转化为纸质作品出版。类型化作品当然并不等于低俗，但靠题材类型与故事类型取胜本身，就使它天然地属于通俗文学、大众文学。在这背后，是阅读的分化，趣味的分化，甚至是"粉丝"文化的表现。

新媒体文学。从现在看，新媒体文学主要是网络文学，但从发展看，手机文学也在蓄势待发，极有可能借助手机新的功能的开发获得长足发展。网络文学与网络写作是近年随着互联网的飞速发展而迅速崛起的一个领域。借助网络平台，一些文学爱好者和写作者，或建立自己的写作基地、文学网站，或参与一些门户网站的写作竞赛，先经由网络媒介造成一定的影响，转而出书，或跻身主流文学创作行列，或成为流行文学和时尚写作的新贵。网络写作的长处与短处，都在于它的写作的"自我"，发表的"自由"。这既可能使那些别有才情的作者脱颖而出，迅速成长，也可能使那些重"名"不重"文"、"自鸣"不"自知"的写手得以寄身甚至成名。自从博客写作这种新的形式出现之后，以种种非文学的、非常规的手段吸引受众、博取眼球的倾向，大有愈演愈烈之势。虽然网络文学总体来看还在成长与发展之中，并且泥沙俱下，良莠不齐，但因为网民数量的急剧增长和年轻网民的普遍介入，其影响却越来越大、越来越广。据知，仅盛大文学旗下的文学网站，就有注册作者90多万人。如此众多的网络写手群体，无疑是文学活动的重要力量与巨大后援。但如此庞大又庞杂的"民间化"文学力量，我们应该如何走近与沟通、怎样运用与借重，却是一个巨大的新课题。

在这样一个三足鼎立的文学新格局的背后，是文学的环境与氛围的变易，是文学的生产与传播的转型。新世纪文学显然在不断地延展与陡然地放大之中，已非单一、单纯的文学领域里的自给自足的现象，它必然又自然地连缀着社会风云、经济风潮与文化风尚，正成长或变易为一种混合形态的新型文学。

这种正在形成中的新型文学的基本特点，也可以做多种概括与描述，在我看来，"繁盛性""新异性"与"外延性"三点，特别地引人注目，也格外地意味深长。

繁盛性。新世纪文学与过去文学最大的一个不同，是文学无处不有处处有，无时不在时时在，被多角度、多层次地"漫延"，被全方位、全系统地"泛化"了。这种"漫延"与"泛化"，包括文学板块在原有的单一格局基础上的"一分为三"，也包括不同板块领域里的内部分野与分化，使得文学比过去占据的地域更为广阔，活动的空间更显博大。而且，由于商业机制的进入，媒体文化的介入，网络科技的长驱直入，文学传播、文学生产与文学组织等体制与机制都发生了新的转型与转变，文学在不再单纯、单一的同时，因主动、被动的不断联姻，增加了更加多样也更加复杂的姻亲关系，使得与文学有关的事情与事件，相关的作者与业者，既陡然增多和极其庞杂了，又显得面目模糊乃至有些暧昧了。从作者的身份与业者的构成看，因写手的不断涌现、作家的重新组合，队伍急剧地膨胀起来。从作者秉持的观念和操持的写法上看，各种观念并存并举，不同的写法兼收齐备，其多样性与多元化，前所未有。这一切，都造成了当下文学的异常繁盛景象，而且从内到外，方兴未艾。

新异性。新世纪文学在其繁盛之中，包含了庞杂性、暧昧性，更包含了新异性、新质性。因为一些现象常常鱼龙混杂，良莠不齐，所以需要秉要执本，仔细辨析。比如，以"80后"作者为主的青春文学，一直在图书市场上长盛不衰，似乎挤占了主流文学的应有份额。其实这种主要针对学生读者的性情写作，原本就是主流文学未曾涉足的领域，青春文学的崛起，实际上是以新一代作者对应新一代读者的方式，给整体文学所忽略的环节和领域在接续余缺和弥补空白。再比如，网络文学写作在近年的寻索与整合中，渐渐由类型文学的写作与运作方式站稳脚跟，并扩展到传统出版领域，使得小说尤其是长篇小说的出版数量激增，很有在膨胀式扩展中吸引大众和分离读者的嫌疑。但大众化的读者一直以"潜伏"的方式存在着，在类型化写作未发展和不发达的时候，他们只好选读来自中国港台地区与其他国家和地区的类似读物作为代用品，现在有了品类多样的类型文学作品，正好满足了他们的阅读期待与审美需要。而这种写作又使一直薄弱的通俗文学、大众文学，得到了较大的发展与极大的丰富，并使文学的总体构成有雅有俗，高低搭配，布局适当，更趋合理。另外，一些带有先锋文学倾向的文学名家，普遍回到故事的营构，更为注重作品的内力，网络博客的写作在自由性、互动性中显示出来的民主特性，青春小说作者与"80后"群体在成长中分化、在分化中成长的趋向，都以面对现状和适应需要的新的调整与变化，显现出新的文学生长因子，表现出文学人的新的努力。

外延性。当代文学自新时期起，就随着整个国家的改革开放，由相对封闭的状态走向不断开放的状态，使新时期之后的文学在中外文化与文学的碰撞与交流中，不断获得新的借鉴与新的助力。这一趋势的持续发展与全球化的日益加剧，更促使进入新世纪的文学较前明显地呈现出外延性。这种外延性，首先表现为在主流文学体制方面，高度重视当代文学的对外翻译与向外传播，注重利用作家互访、图书展会、翻译工程等方式，向国外读者推介中国作家与中国文学，组织作家之间的交流。其次，还表现在传统型的实力派作家，普遍重视对外的文学交流，看重自己作品的对外译介。在这样的努力下，我们在国外有影响的文学名家不断增多，这些文学名家的作品被译介到国外的也越来越多。再次，这种外延性还表现在中国当代文学界与海外汉学家、翻译家的文学交流与学术互动日渐频繁，合作更显广度，交流更见深度。这种外延在创作方面，近年来主要表现为国内文学界与海外华文界的紧密联系与密切互动。在国内的一些重要的文学评选、评奖和批评、研讨活动中，时见海外华文作家的身影，海外华文作家也多在国内的名刊、大社发表和出版作品，在国内也拥有着数量不菲的文学读者，这使他们的写作事实上已经融入中国当代文学，并成为其中的一个重要构成部分。而在国外就学的一些学生作者与学者作者，因为网络与网络文学的牵连与中介，频频隔洋跨国参加国内的网络文学竞赛和在国内发表、传播作品，使得网络文学中海外华文文学的总体比例，已占据30%左右。这种文学向外伸展，作者内外勾连的情形，已成为新世纪文学一道靓丽又耀眼的风景，也使新世纪文学充满一种前所少有的开放的活力。

从以上三点大致可以看出，新世纪文学既长短兼有又新旧杂陈，它充满了前所未有的多样性、复杂性，也充满着无可限量的可能性、可塑性。

三、挑战与感言

无论是从2010年的文学状况来看，还是从新世纪10年的文坛演变来看，文学在从业者的身份、姿态上，写作的方式、样态上，诸多方面都发生了与前不同的深层变动与格局变易。这当然既有文学的环境、氛围移动的影响等外部原因，更有文学自身发展与进取的内在原因。这种新的文学现象，既超出了我们的已有经验，又属于全新的文学现实。

面对这种新的文学现状，我们在很多方面不适应、不对位、不配套，甚至缺少必要的准备，缺乏应有的了解，是很让人为之忧虑的。根据多年的观察与思考，我以为在导向、观念、批评与教育等几个方面，我们都需要作出切实的调整与有效的增强，以便适应新的情况，应对新的问题。

1. 导向问题

我们的文化、文学体制在新中国成立之后的几十年间，一直少有变化，这种形成于计划经济时代的既刚性又单一的行政化、公有化、事业化体制，很不适应改革开放的总体趋势，很不适应人民群众日益增长的文化生活需要，也使文化建设自身长期处于一种停滞不前的状态。自20世纪80年代开始，尤其是邓小平南方谈话和党的十六大之后，对文化体制的反思与改革被真正地提上了议事日程。"文化市场""文化产业"等概念的提出，反映了人们对于文化属性不断深化的新的认识。在这样一个思路的推动之下，文化事业在改革中迅速发展，实力不断增强，焕发出了蓬勃活力。但毋庸讳言，近年来随着"市场"的不断渗透，"经营"的大力扩展，文化建设中似乎又出现了一种"一头沉"的倾向，那就是只讲"产业"，不讲其他，凡是与文化沾边的都要"产业化"。"产业化"成为衡量文化改革与发展的唯一尺度，成为考察地方官员政绩的重要指标。一些传媒行业迅速转向娱乐化，一些地方争抢名人故居，以及商业大区域成为定势，公共文化场馆的票价越来越高，有条件没条件的都要上"创意中心"，都要建"动漫基地"等，已经成为新的文化流行病。过去不认识文化的"商业"与"产业"属性，没有把文化当成生产力之一，是一种偏向；现在只把文化看作"商业"，当成"产业"，用单一的经济价值为其定性定位，是走向矫枉过正的另一种偏向。我们费尽力气走出了文艺、文化为政治服务，从属于政治的桎梏，现在又大有不知不觉地走入文艺、文化为经济服务，从属于经济的危险。

因此，认真贯彻落实胡锦涛同志在关于文化体制改革的重要讲话中的"坚持文化事业和文化产业协调发展"指示精神，在文化体制的改革与文学事业的建设中至关重要。作为一定精神的物质载体的文化，是有偿的产品，是交流的工具，也内含着传统的延续和文明的接续，因而具有意识形态性与商品性的"双重属性"。商品属性决定文化产品具有自身价值和使用价值，可以通过市场交换获取经济利益与进行再生产。意识形态属性则要求文化产品的内容有益于世道人心，履行为社会大众和社会公益服务的社会功能。认清文化产品的"双重属性"，并在生产和经营过程中力求做到"协调发展"，就要求文化从业者处理好社会效益和经济效益的辩证关系，文化管理与行政管理者既要把它作为地域经济的新的增长点，又要把它看成民众精神生活的重要构成，做到公益性文化事业与经营性文化产业两手齐抓，双轮并进。

2. 观念问题

在具体的文学实践与不断的观念碰撞中，人们的文学观念发生分化与变更，从而越来越纷繁，越来越多样，这是一定的和必然的。从我们当下的文学、文化现状来看，既可说是八仙过海，各显其能，也可说是乱花迷眼，乱云飞渡，几乎无奇不有，无所不包。这种既缭乱又繁荣的现状背后，是不同追求的相互交错，不同观念的交相汇流。而这些众多的追求与其背后的观念，因为市场化、媒体化的共同作用和暗中诱导，已经出现了观念上的混乱与生态上的失衡。比如，文学图书出版中的片面追求市场占有率，而使某些题材作品过于集中，少数名家无形中垄断图书市场和客观上霸占出版资源，新人新作很难浮出水面；一些图书舍本求末，粗粮精作，以奢华的外在包装掩盖空虚的内容，等等；还有在某些网络作品中，超越道德与模糊是非的倾向大行其道（如一些玄幻、仙侠作品），博客写作中为吸引受众的有意媚俗、媚恶,等等。就不同代际的人们来说,在观念上也都有一个吐故纳新、取长补短和相互宽容的问题。比如,立足于传统文学的人们,不要满足于已有的文学成就,以为自己已步入文学的高端,对新的文学现象另眼旁观,甚至不屑一顾;而踌躇满志的文学新人们,也不要轻视文学经验,否定文学传统,以自我作古的姿态藐视一切,以"断裂"为荣,以"割裂"为快。在面对巨大而悠久的文学传统,活跃而不羁的文学现实的时候,不同的人们都有在继承中发展,在适应中坚守,在学习中进取的必要与空间。

我们应当承认立足于某些"欲望"的市场原则、媒体规则的观念,有其一定的合理性、有效性。但只有这样的只要赚钱的市场观,"娱乐至上"的文化观,自以为是又莫衷一是的文学观,显然是很不全面的。我们还应该有更高的欲望与诉求,那就是着眼于长远、对接着理想的价值观念。因此,在当下的社会文化生活与文学活动中强化人文内涵,在大众媒体中倡扬人文导向,使有正面价值的人文精神成为社会的文化时尚与精神风尚,是解决目前价值观念混沌和主体导向不彰显问题的一个迫切需要。

3. 批评问题

客观地说,文学批评是很不适应文学现状的。面对俗化的文化环境和缭乱的文学现状,批评家需要增强社会责任心,增强历史使命感,并以知识分子的良知、审美高端的感知,观察现状,洞悉走势,仗义执言,激浊扬清。要超出对于具体作家作品的一般关注,由微观性现象捕捉宏观性走向,由代表性现象发现倾向性问题。该倡扬的要敢于倡扬,该批评的则勇于批评,对于一些疑似有问题的倾向和影响甚大的热点现象,要善于发出洞见症结的意见和旗帜鲜明的声音。要通过这种批评家自身的心态与姿态的切实调整，强化批评的厚度与力度，逐步改变目前这种文学批评宣传多于研究、表扬多于批评、微观胜于宏观的不尽如人意的现状。

但文学批评的更大问题，是缩小了的批评，在面对一个放大了的文坛，相对传统的批评，在面对一个活跃不羁的文坛。这种事实上的不对等和不平衡，正是批评的难处与挑战之所在。

因而，文学批评需要自立与自强，也需要人们的理解与支持。

比如文学批评的队伍既需要壮大，又需要纳新。现在从事文学批评工作的，因为没有一个彼此联系的机制与方式，实际上是一支散兵游勇式的队伍。现在活跃于文坛的批评家，主要由出生于20世纪40年代、50年代和60年代的人们所构成，70年代的极少，80年代的基本没有，这与文学创作上的六代同堂（从20世纪30年代到90年代）和越来越年轻化，构成了极大的反差。批评的队伍需要年轻化、有活力，而批评的人才又需要既综合又特殊的素质，因而很难依赖自然成长，需要有一些发现和培养新人的措施与办法。另外，文学批评在活动的阵地、传播的工具、资讯的提供等方面，也需要具备一定的条件，得到有效的支持。现在的文学批评类文章，主要发表于一些专业性的报纸和文学理论批评刊物，而这些报刊的受众主要是业内人士，因此其影响基本上囿于一定的圈子，社会性影响极其有限。而受众较多、影响较大的电视、网络和市民报纸，基本上没有文学批评的立锥之地。如有，也是以媒体批评和媒体报道的"娱乐化"方式对专业的文学批评进行"为我所用"式的选择、删改与加工。这样的大众化的传播资源，辐射面广，影响力大，如何能"为我所用"地为文学批评服务，或起一些配合、呼应的作用，委实是值得我们认真思考的。

4. 阅读与教育问题

文学创作与文学阅读，文学生产与文学消费，是相辅相成的，也是相互影响的。就文学阅读的现状来看，情形很不令人乐观。轻阅读、软阅读、电子阅读、图像阅读、影像阅读，日趋成为大众阅读的主流。而以中学生为主体的青少年读者，因为更忠于自己喜欢的作者，更乐于购买自己喜欢的图书，越来越影响着文学阅读的基本走势，而他们阅读选择的趋于浅薄与随意，更是显现出背后深隐的严重的文学教育问题。

这里所说的文学教育，包括学校的语文教育、社会的文学宣教等。从一些机构关于中小学学生的文学阅读的几份调查来看，现在的中小学学生乱读书、读闲书的现象相当普遍，一些爱好文学的学生弄不清作品与读物、写手与作家的基本区别，因此在"我喜欢的作家"的问卷调查中，竟然出现郭敬明与郭沫若并肩，韩寒排在韩愈之前的现象。中小学的语文教育偏于知识性，课内外的文学阅读流于自然性，因为不够对位，缺乏引导，使学生在这个打基础的重要阶段，就缺少对于写作、对于文学应有的认识与正确的理解，文学传统的链条在这一初阶的重要环节上就发生了不应有的断裂。中小学的语文教育如何走出八股化，具有创新性，在向学生教授文学基本常识的同时，教习好我们的文学传统，使学生在人生成长初期打好必要的文学根基，是确实需要好好加以反省，认真加以改革的。

同样不可忽视的，是社会的文学宣教工作。现在社会的文学宣教工作，实际上是由一些媒体来扮演的，如报纸、电视、网络等。而媒体因为吸引眼球、魅惑大众的自身利益所决定，总是把"娱乐"不由分说地放在第一位，这使它们不只是向人们提供大量"娱乐化"的内容，还使它们把一切对象都做了一种"娱乐化"的处理，用"娱乐化"的方式传播一切。因此，从这样的媒体和媒体传播那里，人们看到的只是一个充斥着奇闻逸事、奇谈怪论的被"娱乐"所包装、所加工的文学与文坛，一个严肃正气又繁杂多样的实在的文学，一个活跃不羁又总体向上的真实的文坛，实际上被遮蔽了，被扭曲了。社会的文学宣教工作，如果就这样仰仗这些"娱乐"媒体来完成，不只真实的文学与文坛有被"娱乐化"的危险，而且人们的情趣也有滑向肤浅化、游戏化的可能。这种明显低俗的倾向与影响，只会与我们本有的理想目标背道而驰。因此，把社会的文学宣教，当成是培养人们阅读能力、提高人们精神素质的重要手段，从而纳入社会主义精神文明建设的大工程之中，切实抓紧抓好，看来是刻不容缓，势在必行的。

文学的问题向来不是单一的和纯粹的文学问题，现在更是这样。因此，当下文学的种种问题，都需要把它们纳入社会精神文明建设的大系统来进行整体的观照，加以综合的治理，从而使其伴随着社会与时代的进步而健康发展，并在这一过程中有力地发挥自己的独特作用。

新世纪文学的新格局与新课题

进入 21 世纪已逾 5 年,新世纪的文学与以前的文学相比较,具有哪些不同,富有怎样的新质,以及要不要用"新世纪"这样的概念来为之命名等,已成为当下文学理论批评界比较关注的话题。《文艺争鸣》杂志从 2005 年第 2 期开始陆续发表的文章,表现了一些理论批评家的种种最新思考,已给人们不少有益的启迪。

作为一个当下文学现象的观察者和文学批评工作者,在追踪着从创作到批评的主要走向的过程中,不可能没有自己的一些观感。我愿结合当下的文学文化实际,就与"新世纪文学"相关的三个问题谈谈自己的粗浅看法。

一、新世纪之"新"

自 2000 年之后,文学在时间的意义上进入了"新世纪",这是确定无疑的。进入新世纪之后,文学在 20 世纪 90 年代已经发生的由外到内的深刻转型中持续变易;5 年之后,虽远未定型,但看得出来,进入新世纪的文学与 20 世纪 80 年代、90 年代的文学,虽然还有着这样那样的一些承继和联结关系,却已经具有了越来越大的差异与越来越多的不同。这一与20世纪的文学已明显有别的文学时段,确实需要一个新的命名。但叫作"新世纪文学",在很大程度上是出于省事和无奈。这里的"省事",表现为它纯粹是一个时间与时代的概念;"无奈"则体现在除此外很难找到合适的概念来命名,因为它的逾越文学的纷繁,因为它新旧因子的杂陈,因为它变动不居的游移,等等。换一句话说,如果"新世纪文学"的说法成立的话,问题与难点都出在如何理解和看待这个"新"字上,以及它背后的文学文化化、文化市场化的基本势态。

如何看待当下文坛的"新",确实是个问题。进入新世纪后,文学一直在不断地发生着变化,而这种变化又以亦喜亦忧的方式呈现着:各种写法多了,佳作力构少了;作品种数与印数增了,艺术质量与分量却减了;小说改编影视的多了,经得起阅读的却少了;期刊的时尚味浓了,文学味却淡了;作家比过去多了,影响却比过去小了;获奖的作者多了,能留下来的作品却少了。如此等等,不一而足。这其实还只是问题的表征,这些现象的背后还有深层次的变易。这种深层次的变易,概而言之,一方面是文化、文学现行体制的两元并立——体制内的管理以计划模式为主,体制外的操作以市场方式为主;另一方面是文化、文学生产机制的多元共存——公有的、集体的和个体的,既有各自的方式和走各自的渠道,又在某些环节上相互借力,协同运作。这种体制与机制相较过去最大的不同,还可换一种方式来表述,那就是较之过去,在文学从业者、文学生产者等方面,成分构成上越来越趋于民间化,手段上越来越趋于商业化。不管你愿意不愿意,喜欢不喜欢,它已成为一个不争的事实向我们走来。我们需要的,是直面它,正视它,并进而认识它,把握它。

我认为,"新世纪文学"作为一个文学现阶段的命名,虽属无奈,却也可取。因为它可就此与20世纪的"新时期文学""90年代文学"区别开来,又可以在这个称谓之下,进而厘清自己的内涵,显现自己的特质。

在认识当下的文学现实时,我们有必要走出有意无意的"80年代情结",即用一种相对纯净的、比较浪漫的和富于理想的文学范式来看待当下的文学现实,如果用那样的眼光来打量文学现状的话,因为面目完全不同,就可能得出严苛的甚至是悲观的看法。事实上,过去的文学时代无论多么辉煌,都已是"过去时",我们无法回到"过去",我们只能面对正在发生和发展着的现实,来建设我们的文学的理想和理想的文学。在这个意义上,我主张有原则地认同现实,有策略地影响现实,在适应中坚守,在坚守中发展。

二、一分为三的文坛

与以前的文学时期相比,进入新世纪之后的文学,因为社会生活的疾速发展和文化环境的剧烈变易,遇到的问题和面临的挑战日益由外部深入内部,这使得文坛不可能不相应地发生变化,而这种变化既是潜移默化的,又是极其巨大的。

在我看来,过去的文坛大致上是以意识形态为主流,专业作家为主体,文学期刊为主导的一个总体格局。这样的一个当代文学的传统结构模式在进入新时期之后,就在种种革新与冲击之下,产生了一些显而易见的变易。如意识形态让位于文学理念,民间写作大量涌现,等等。而20世纪90年代以来的以市场经济为中心的社会变革,广泛而深刻地影响着社会生活的方方面面,这使得文学赖以存身的经济基础、文化环境和传播手段等都发生了前所未有的剧烈变动。对应着经济基础、文化环境和传播手段,市场化、大众化和传媒化联袂而来,并形成了一种基本定势。可以说,在被动应变和主动求变的两种动因之下,文坛开始发生结构性的变化。比如,基本上以文学期刊为主导的传统文坛,已逐渐分泌和分离出以商业出版为依托的大众文学和以网络媒介为平台的网络写作。

在过去,文学期刊基本上就等于整个文坛。一个作者要从事文学、进入文坛,在文学期刊上发表作品和演练自己,是唯一的途径。现在则不然,一些作者可经由出版运作直接出书,一些作者可在文学网站自由发表作品。文学的进路与出路都较过去更多了,但文学期刊仍然以严肃文学的坚守,成为整体文坛的重要构成和中心所在。这可由三个方面来看:一是由各级作家协会和有分量的出版社主办的文学期刊,联系着长期从事创作的各类文学作者,尤其是一大批造诣较高、影响较大的专业作家,这使它们集聚了当下文坛最为重要的创作力量;二是文学期刊因为作者素质高,办刊专门化,所发表的各类作品都代表了同个时期的重要成果和较高水准;三是文学期刊本身也在不断变更,过去相对圈子化的现象开始有所打破,一些过去被忽略了的领域如长篇小说、散文随笔、青少年文学等,都有专门的文学期刊开始涉猎,这使得文学期刊在代表性与影响力上都有新的提升。所以文学期刊这一块,虽然整体上的影响不如过去,甚至经常面临生存困境,但它仍然是当下文学的主体构成部分。

文学出版在新时期以来得到了较大的发展,但在长期以来都只是文学期刊的延续与补充。在以前,一个作者不具有一定的知名度,是很难出书的。只有在文学期刊上发表了一些作品并造成一定的影响后,才有可能结集出书。而长篇小说作品,也往往是先在文学期刊上连载之后,再行出书。进入20世纪90年代之后,情况便发生了变化。因为出版行业的逐渐市场化,尤其是民间力量介入出版后,进而强化了市场运作与媒体炒作,文学出版开始由过去的以作者为主转而走向以读者为主,一些文学名家的力作经由"炒作",大幅度地提高了印数,一些无名作者的作品也可经由包装,走进图书市场甚至成为畅销作品,文学出版由此进入了市场化的新阶段,而且逐步形成了以长篇作品和大众读物为特色的文学图书阵地。因为门槛较低和"炒作"介入,文学图书的出版一直存在着数量与质量不成正比、质量上又参差不齐等诸多问题。

网络写作是近年随着互联网的飞速发展而迅速崛起的一个领域。借助于网络平台,一些文学爱好者和写作者,或建立自己的写作基地、文学网站,或参与一些门户网站的写作竞赛,先经由网络媒介造成一定的影响,转而出书,或跻身主流文学创作行列,或成为流行文学和时尚写作的新贵。网络写作的长处与短处,都在于它的写作的"自我",发表的"自由"。这既可能使那些别有才情的作者脱颖而出,迅速成长,也可能使那些重"名"不重"文"的、"自鸣"不"自知"的写手得以寄身甚至成名。自从博客这种新的形式出现之后,以种种非文学的、非常规的手段吸引受众、博取眼球的倾向,大有愈演愈烈之势。虽然网络文学总体来看还在成长与发展之中,并且泥沙俱下,良莠不齐,但因为网民数量的急剧增长和年轻网民的普遍介入,其影响却越来越大,越来越广。

三、"互动"与"分离"

当下文坛这种正在一分为三的情形,带有相当的必然性。这样一个走向的动因,无疑是综合性的,并非单靠文学本身所能促动和形成。我们需要做的，或者我们应该关心的，不是这样一个格局该不该有和好与不好的问题，而是必须面对这样一种已经存在的情形，在走近它和认识它的过程中，就其如何良性生长和健康发展做出我们实事求是的预见和力所能及的努力。

一个比较乐观的现象是，这样三块文坛构成，虽然相对独立，各自为战，但在近期也在"新""老"媒介之间出现了一些互动的迹象，尽管只是初步的和浅层次的。过去，作品只刊发于纸质媒介，评论只出自评论家笔下。现在，有了网络，爱好文学的可以建立自己的专门网站，写出作品可上网发表和流传。而文学评论，既可由网友读者通过发帖的形式随时发表看法，还可由报纸媒介自撰消息和制造新闻吸引更多读者。在报刊媒介和网络媒介崛起的初期，传统的主流文坛与之既有隔膜，又较少往来。但近年以来，这种情况已在逐渐改变。因为，"新"的文学媒介认识到，要获得更大的影响，尤其是获得权威性的认同，必须借重传统的主流文坛；而"老"的文学媒介也认识到，要获得新的发展，使自己重显活力，必须借助方兴未艾的新的文学媒介。于是，传统文坛的一些著名的作家和重要的作品，也在利用网络进行着宣传和扩大着影响，一些出版单位也注意从网络文坛发现有才气的作者和有"卖点"的作品。而网络文学的作者，也注重从"网上"向"纸上"过渡，一些网络文学大赛也以传统文坛的主流作家和主流批评家为主体进行评奖和颁奖，以增加大赛的权威性和影响力。这种双向的彼此促动，既使"老"的文坛有了更大的活动空间，又使"新"的文坛有了更快的艺术进步。

但这样的乐观并不能掩盖实际存在的问题，这个问题就是"分离"的倾向同样愈显见也愈严重。

主要借助商业化出版运作迅速崛起的"80后写作"，在扩大着图书市场份额的同时,也影响着广大的文学青年和学生读者,从而形成一种数量众多、互动密切的"学生文学群体"。他们对于文学的理解,包括对于生活的理解,都在带有一定的青春锐意的同时,也带有着受到市场经济和流行文化深重影响的偏颇与谬误。但因为这样一个现象游离于主流文坛之外,主流文坛对他们不甚了了,既没有给予应有的关注,也没有形成必要的对话,更谈不上相互理解和彼此影响。有人认为,"80后写作"正在形成以他们为主体的市场化文坛,这话绝非耸人听闻。事实上写作的分离只是表象,而背后则是一定的观念在起着作用。

而以互联网为媒介的网络写作,因依托着日新月异的数字化技术,又深得年轻网民的狂热喜爱,不仅新建的写作网站多,有影响的名人博客多,而且参与写作的写手,也呈几何级急速上涨。如果说这种写作在起初还比较靠近文学的话,那么在博客兴盛起来之后,它的有影响的作者和有影响的作品,都离文学的距离越来越远了。它或者成为偶像明星和他们的"粉丝"互动的私家后台,或者成为奇文与猎奇相互寻索的信息渠道。这一切,都在很大程度上对网络写作的文学发展构成了严重的干扰和极大的挑战。

可以说,"新世纪文学"可能超出了我们以往的文学经验,是一个需要我们认真加以认知、努力加以把握的全新的文学存在。而更需要我们去做的,是发现其中的缺陷,找到其中的问题,并且通过有效的工作去因势利导,让它朝着比较靠近我们理想的方向演进与发展。

这样的工作既迫在眉睫,又少有人做,因而,"新世纪文学"之于我们,任重而道远。

分野、分流与分化

——媒体时代的文学流变考察

当代文坛进入新的世纪已整整六年了,新世纪的文坛已与20世纪80年代、90年代大不相同。

人们越来越明显地感觉到,文坛在变大,文学在变小。似乎谁都能介入文学,谈论文学,但真正意义上的文学又日渐稀少,日益萎缩。这样的变化还以一种亦喜亦忧的方式呈现着:各种写法多了,佳作力构少了;作品种数与印数增了,艺术质量与分量却减了;小说改编影视的多了,经得起阅读的却少了;期刊的时尚味浓了,文学味却淡了;作家比过去多了,影响却比过去小了;获奖的作者多了,能留下来的作品却少了。如此等等,不一而足。

对于这种文学的演变,沸沸扬扬的看法中,就事论事的居多,很少有人细究其深层次的原因,因而并未能抓住事情的根本,也很难真正认清变易的现状。我以为,从文学的经济基础、社会环境的异动,到文学本身的分化与分流,有一个基本的演变过程。对这样一个流程作一考察,对于文学文坛发生的变化和出现的问题,才能有更为清楚和清醒的认识。

一、文学变化背后的深层原因

当下文学的这种变化,需要到更深的层次去寻找原因,诚如马克思所说:"物质生活的生产方式制约着整个社会生活、政治生活和精神生活的过程。""我们判断一个人不能以他对自己的看法为依据,同样,我们判断这样一个变革时代也不能以它的意识为依据;相反,这个意识必须从物质生活的矛盾中,从社会生产力和生产关系之间的现存冲突中去解释。"[1]文学发生新变的原因是综合性的,从根本上看是文学赖以存身的经济基础、文化环境和传播手段等都发生了剧烈的变动所造成的。我们不必细说经济基础、文化环境和传播手段发生了何等的变化,只需换用相对应的三个概念——市场化、大众化和传媒化来加以表述,便一切都明了了。

市场化、大众化和传媒化这三个方面,是相互联结和彼此互动的。经济基础方面以高科技推动的生产力的迅猛发展和市场经济秩序的逐步确立为标志,已完全走出过去的计划经济的单一体制、机制与模式、方式,表现出前所未有的生机与活力。社会经济基础的这种变化,必然要反映到文化建设上来,文化建设是经济建设的特殊部分,而文化自身也需要面对新的经济基础寻求支点。因而,文化作为经济资源、商业支点之重要构成的可能性,文化产品的商品属性、文化生产的商业运作、文化市场的产业结构等,都在人们的重新认识中得到了发掘与拓展。人们发现,文化产品的最大效益是"两个效益——社会效益和经济效益"的结合,而"两个效益"落实

---

[1]《政治经济学批判·导言》,《马克思恩格斯选集》第 2 卷,人民出版社 1995 年版,第 82—83 页。

到影视产品上是有多少观众,落实到文字产品上是有多少读者。于是,追求"观众"与"读者"的最大化,便成了文化、文学生产的题中应有之义,遂使"大众化"成为文化领域愈演愈烈的基本趋势。在传媒的勃兴与发展方面,这些年最大的变化是面向大众的报纸越来越多,旨在娱乐的影视节目越来越火,介入自由的网络写作越来越热,而这些看来是处于优势地位的传媒,不仅面临着同类媒体彼此之间的无情争斗,还面临着异类媒体相互之间的残酷竞争。于是,怎样使自己的报纸、影视和网页"好看""有人气""吸引眼球",以争取更多的受众,造成更大的影响,就成了这些媒体行业不容辩驳的"铁"的定律。这就是说,各类媒体在其发展与竞争之中,日渐凸显的是基于他们的自身利益的追求,并以此来介入文化和影响文学。

二、文学格局的一分为三

应该说,上述三个方面都是文学借以存身的基础和条件,文学置身的这种基础和条件的变易,不可能不深刻影响文学领域。从宏观方面的考察来看,现在的文坛已在过去的以传统文学为主的相对单一的格局下,经由20世纪90年代以来发生的分野、分裂与分化,逐渐演变为一分为三的新格局,即以文学期刊为阵地的传统文学,以图书出版为依托的市场化文学,以网络传媒和信息科技为平台的新媒体文学。

以文学期刊为主要阵地的传统文学(或主流文学),因为刊物有档次,作者水平高,作品有分量,无疑是文坛的中坚构成。事实上,这种以文学期刊为阵地的传统文学,长期以来也就等于整个文坛。而这样一个传统文坛以及现在很多人对于文坛的认识,都只限于由职业作家为作者、期刊为阵地,文学出版为舞台,邮局、书店为中介的旧有的文学生产流通体系。其实这在今天已不是文坛的全部,只是文坛的一个构成部分,虽然这个部分可能依然是重要的和主流的,但仅此还并不能反映当下文坛实际的现状。

以图书出版为依托的市场化文学,是随着市场化的不断介入逐步兴盛起来的。如果说在20世纪90年代,文学中的"市场化"还是一种纸上谈兵的话,那么,经过十几年的发展,"市场化"在文化领域长驱直入,在文学领域也不断渗透,现在已成为文学、文化生产的主要方式。以长篇小说为例,在没有"市场"介入之前,长篇小说的写作与出版,只是已有地位的少数名家的专利,一般作家即使作品确乎不错,也很难得到出版社的垂青。因而在长篇小说领域,一方面是出版的作品为数不多,另一方面是出版的资源只为名家所专有。但在"市场"的手段进入文学出版之后,出版社借助媒体的宣传和评论的推介,可能使一本不知名作者的作品引人注目,更可能使得名家的新作与力作成为畅销作品。还有民营出版者和图书工作室介入长篇小说的出版,更是直接运用"市场化"的模式精心制作和尽力运作,使得长篇小说的出版渠道多了,门槛低了。因而,从20世纪90年代中期开始,当代长篇小说的出版从原来的每年200—300部不断增长,到世纪之交基本稳定在每年1000部左右。这样的一个情形,是过去所难以想象的。

以网络传媒和信息科技为平台的新媒体文学,随着传媒形式的不断变化尤其是信息科技的飞速发展,近年来迅速崛起,已成为整体文坛中方兴未艾的新力量。它们在传统的文学体式之外,又派生出了不少新的文学形式与样式,比如网络文学、博客写作、手机文学,等等。这些新媒体文学形式,有着相当广大而且不断壮大的青年受众队伍，这也逐渐成为他们走近文学的主要渠道和基本方式。目前，除一些门户网站的文化、读书频道聚集了大量作者外，一些写作者根据各自的爱好，还成立了文学方面的专门网站。这些网站有偏于体裁分类的，如小说、散文、诗歌等，有偏于类型写作的，如校园文学、青春文学和玄幻小说等。据不完全统计，专门的文学网站，目前注册的有3000多家，实际上有5000多家，较为知名的文学网站有20多家。而博客自兴起以来，更是一直呈几何级数迅猛发展。据中国互联网络信息中心在9月23日公布的《2006年中国博客调查报告》称，我们的博客作者已达1750万，活跃博客读者达到了5470万。相比于2002年，这两项数字都增加了30多倍。这种方兴未艾的新媒体文学在与传统的文学产生建立一定的联系之后，正在社会文化生活中发挥着越来越大的影响。一些新的文学群体，尤其是引人注目的"80后"写作者现象，正是经由这样的方式很快发展起来，不断占据市场，并极大地影响了年轻读者特别是学生读者。还有依托网络平台的博客写作，不断以各种"口水化"的事件吸引受众的眼球，几乎已成为当下人们不得不关注的文化热点。

三、不同板块之间缺少互动

现在的文坛，在主流文学之外，出现了"80后写作"等非专业和民间化的学生写手和青春写手；在传统文学之外，出现了网络文学、博客写作、短信小说等新媒体文学。因为主流文学在体制之内，"80后写作"等学生写手在体制外，传统文学板块主要以中老年文学从业者为主体，网络文学和短信小说主要以年轻文学爱好者为受众。实际上,当下的文坛,又形成了体制内的主流文学与体制外的学生作者写作相互间隔、互不搭界,以中老年人群为主体的传统文学与以青少年人群为主的新媒体文学彼此分流、互不来往的基本情形。文坛的这样一个图景,并不让人为之欣喜,而是让人为之担忧。

这些新出现的文学文化现象,由于它们的从业者的高度年轻化、普遍民间化和运作方式的自由化,使它们既游离于主流文坛,又不在文学文化组织管理的范围之内,还不在文学批评的视野之中,这使得它们实际上处于一种"无管理、无批评、无引导"的"三无"状态,这种状态也就是一种完全的自在、自发和自流状态。这势必造成这些新的文学文化现象的芜杂、低俗,以及在低水平层次的徘徊不前,反过来又对文学文化环境构成一定的消极和负面的影响。可以说,当下文坛的许多"乱象",都是由此而产生的。

这种不同群体的彼此分离、不同板块的相互分割,背后实际上潜藏着深层次的问题,那就是代际的分野、观念的分化和价值观的分歧。可以说,坐不到一起,是因为看不到一起;看不到一起,是因为说不到一起;说不到一起,是因为想不到一起。应该说,在面临巨大而剧烈的社会转型和时代变更时,以上的现象与问题难以避免,既不足怪,也不可怕。但现在的问题是,面对这样一个不断分化、分裂的现状本身,我们并没有给以必要的认识和充分的重视,因而也不可能有沟通的努力与适当的应对之策。这种状况如长此以往,显然会使隔阂越来越深。因此,真实、客观、全面和深刻地认识文学文化领域的这一现状,是当下最为重要和最为迫切的症结所在。

四、新的问题与新的挑战

对文学领域和文学领域的从业者来说，必须面对的是这样一个不争的事实：当下文坛的新的变动形成了新的格局，新的格局造成了新的问题，新的问题又提出了新的挑战，这种挑战从文学的组织管理、文学的各类创作，到文学的理论批评，都提出了根据新的形势解决新的问题，针对新的需要增强新的能力的课题。

就文学的组织管理方面来说，文联、作协这样的组织系统需要适时应变，切实改进工作作风和提高工作能效，努力发挥自己的主导性影响作用。从社会文化的发展走向上看，文学、文化从业者中的相当一部分人的身份和活动的民间化，是一种趋势，一种必然，而且这个"面"只会更大，不会更小。在这种情况下，文联、作协的工作一定不能按照过去的"老皇历"一成不变，把自己的工作只限于已入会的和想入会的作者，在已有的体制之内自我运作，还要心里装着没有入会也不想入会的体制外的作者，并拿出一定的精力和心力，针对他们的需要以及他们的实际问题，通过有效的途径和方式，加强与他们的联系，经常与他们沟通并给予力所能及的引导，切实做到认真服务入会作家，积极联谊广大文学从业者。

就主流的文学创作而言，处在"市场化"和"信息化"愈来愈强势的社会文化背景之下，既不能不受到环境氛围的一定影响，又不能不受到那些新媒体文学的一定冲击。在这种严峻情势下，如何在精神上保持自我，在活动中趋利避害，在创作上继续进取，是一个现实的问题和重要的考验。事实上，文学领域里出现的许多问题，既跟外在环境的巨大影响有关，更跟一些创作者自身的随波逐流有关。比如，长篇小说创作中一直存在的"繁"而不"荣"的问题，最关键的症结其实在两个地方。一是从生产环节看，出版运作得越来越市场化。"市场化"是把双刃剑，它的长驱直入使文学出版的路子更为宽广了，但随着市场运作与媒体炒作的日益深入，在长篇作品的出版领域，"市场化"的规则渐渐替代了"文学化"的原则，"市场"这只看不见又无所不在的手，既把一些名家的新作打造成赚钱盈利的利器，又使一些新手的习作成为追名求利的敲门砖。有没有利润，有多大利润，已成为长篇出版运作中的潜规则。二是从创作的方面看，更大的问题在于作者的心态在这样的环境中被引向了"实用""实惠"和"实利"。一些作者，包括一些文学名家，在市场和利益的种种诱惑之下，都不同程度地改变了自己，用种种方式去屈就市场，乃至迎合市场，甚至表现得相当急功近利和理直气壮。他们一方面适应着市场使自己的写作"提速"和"变味"，一方面又待价而沽，吊人胃口；有的一年一部长篇，有的一年能写作两三部长篇，有的光有个书名就签了合同，有的一部作品非一百万不卖。这样他们就心甘情愿地被"市场"牵着鼻子走，从小说的创作者变成了"市场"的合谋者。图书市场的浮华，作者心态的浮躁，应该是长篇小说创作主要的两个症结所在。

就文艺的理论批评来看，不能适应文坛现状和文学创作的需要更明显。

一个方面是有关文学创作整体性的走向和当下文坛倾向性的问题，缺少比较专注的跟踪和以点带面的扫描，更缺少有识有见的观察和有理有力的批评。造成这样的问题，既因为批评家不大愿意花费气力和功夫去做有倾向性的追踪和宏观的考察，感觉上事倍功半又费力不讨好，也因为文学作品越来越丰繁，文坛现状越来越复杂，且不断游动和变化不居，其中一些文学现象背后还有深层的社会、政治和经济等综合性原因，需要借助于文学理论之外的社会学、政治学和经济学等理论知识与素养，而这些恰为一般的文学批评家所欠缺。有所不愿与力所不逮，应该是文学批评在宏观上"失语"与"缺席"的主要原因。

另一个方面是在具体作家作品的评论上，多是顺情说好话，造势作宣传，真正从作品的实际出发评优说劣，像鲁迅说的那样，做到"好处说好，坏处说坏"的批评，很难真正见到。批评家大多缺少一种直言不讳、敢于批评的勇气，文坛也缺少开展批评与自我批评的良好风气，这是事情的一方面。另一方面是，评论常常被更为强势的媒体（电视、报纸等）所裹挟，被用来作为"炒作"的工具。在这一方面，也有许多无奈的成分。

按理说，文坛愈是缭乱，现象愈是纷繁，创作愈是活跃，作品愈是芜杂，愈是需要文学批评的跟进，愈是需要听到文学批评的声音。而现在却相反，文学批评在这些方面步子明显滞后，声音相当微弱。其实，正常的文学批评，不只针对创作发言，通过批评品评作家作品，它也可能针对出版者、经营者，通过批评影响文学出版和市场经营。它还可能针对读者受众，通过批评以专门化的知识和知识分子的理念，引导读者的文学阅读。在"市场化"规则愈来愈盛并逐步取代"行政化"管理的文化领域，好的文学批评也应是组织领导和行政管理必须借重和通常运用的最好手段。因而，加强和改进文学批评，为势所必须，事所必然。

文学新演变与文坛新常态

当代文学经过20世纪80年代到21世纪以来的演变,已经由分化与泛化,产生了巨大的变化。这不仅使文学由过去的基本上以体制内作家为主的严肃型文学,分化为严肃文学、大众文学和网络文学三足鼎立的新格局,而且在不同板块领域内部也进而分野与分蘖,使得文学比过去地域更为广阔,空间更显博大。

跟过去较为单一的格局相比,现在的文学多元格局,在各种力量的介入与推动之下,各显身手,活跃不羁,可以说已迫近"百花齐放、百家争鸣"的基本态势。但毋庸讳言的是,这种前所未有的分化与分立,却使文学整体上又陷入了繁而不荣、多而不精的境地,使得当下的文学与文坛,活跃与繁杂并存,机遇与挑战同在。这样一个现状,是与从社会到经济到文化的"市场化""全球化""信息化"和"娱乐化"等大的背景、大的环境密切相连的。应该说,这种新的现实,不仅超出了原有的预想,而且大大超出了我们已有的经验,是一种全新的文学存在。

2015年10月,习近平总书记的《在文艺工作座谈会上的讲话》公开发表,《中共中央关于繁荣发展社会主义文艺的意见》正式下发。无论是习近平总书记的讲话,还是《中共中央关于繁荣发展社会主义文艺的意见》,都直面当下文艺与文化的现状提出要求,切近文艺领域的新变作出部署,其中有关文艺现状的深刻变化与影响的论述,触及了新世纪文艺的实质性问题。习近平指出:"互联网技术和新媒体改变了文艺形态,催生了一大批新的文艺类型,也带来文艺观念和文艺实践的深刻变化。"[1]这个概要而精到的论述,既指出了新的文艺形态产生的背景与缘由,又指出了新的文艺形态给整体文学带来的巨大而深刻的影响。因此,深入了解文学的如许变化,把握文坛新的走向,是繁荣和发展社会主义文艺的题中应有之义。

一、新演变

今天的文学,是经过三十多年的时间逐步演进而来的。三十多年来的文学演进,如果要进行概要地梳理与评说,那就是"三个阶段,三大浪潮"。

谈到文学变化,中国当代文学有一个很大的特点,就是总是跟一定的历史时代和社会生活联系比较密切。所以我们在观察文学的时候,一定要联系它所处的历史时期与社会生活,看到文学随着社会生活的变化而变化,文坛随着社会生活的演进而演进。从这样一个角度来看,新时期以来的三十年,可以分为80年代、90年代、新世纪三个阶段,而这三个阶段,又分别表现为以三大浪潮为中心。

粉碎"四人帮"后至20世纪80年代末,可整体看作为80年代。这个时期的文学,可以说是以政治浪潮为中心的文学演进阶段。粉

---

[1] 习近平:《在文艺工作座谈会上的讲话》,人民出版社2015年版,第12页。

碎"四人帮"之后的前几年，也就是1976年末、1977年、1978年，文学的创作还处于复苏时期，文坛的主要任务是在政治上和理论思想上拨乱反正，包括解禁大批被打成"毒草"的作品，解放那些被打倒的作家、艺术家，落实知识分子政策。那个时候，开展理论批判与清算比开始从事创作更为重要，因为经过十年"文革"，由于极左思潮与"四人帮"思想路线的深重影响，不仅文学极为教条和萧条，人们的思想更被搞乱了。什么样的文学是好的，我们应该走怎样的文学之路，都比较茫然。所以，那个时期首先在理论思想上进行批判、清算，乃至探讨、争论，就是必需的。在新时期开始的时候，许多问题的讨论都伴有激烈的争议，比如"写真实"问题，"两结合"问题，人性、人情与人道主义问题，现实主义、现代派问题，文学与政治的关系问题等。在这些讨论当中，至关重要的问题，就是文学与政治的关系大讨论。

从"十七年"开始，我们的文学一直与政治保持着非常密切的关系，甚至发展到你写什么比较保险，写什么比较危险，以及政治是否正确成为衡量一切作家和作品的唯一标尺。所以对文学与政治的关系，必须首先进行讨论与澄清，如果不澄清这个问题，理论与创作都很难突破，文学也很难发展。文学与政治的关系，主要包含文学是不是从属于政治，文学是不是阶级斗争的工具，文学是不是只为政治服务等问题。后面牵连出其他的问题，比如说文学批评的问题，过去是政治标准第一，艺术标准第二，这样的标准还适用不适用。后来还有一些问题争论，也跟这个问题不无关系，比如人性、人道主义，看起来不是政治话题，其实跟政治密切相关，因为在过去很长的时间里，人性、人情与人道主义都是不能谈的，那时候只能谈阶级，谈人性就认为是跟阶级论唱对台戏的人性论。这些讨论在当时起到非常大的作用。通过这些讨论与争论，不仅一些基本理论问题得到了一定的澄清，而且促进了文学思想与文学创作的解放，所以，才有反思文学、改革文学、寻根文学、新诗潮等新的创作倾向的出现。

20世纪80年代中期，出现了一些新的理论突破，最有代表性的是刘再复的文学主体性理论。刘再复认为文学是人写的，写人的，写给人的，它本质上是人的主体性的表现与呈现。但是我们过去在文学活动的各个环节中，人的主体性地位全面丧失，现在要恢复人在文学中的主体性地位。具体来说，他的主体性理论的要点是，作家在写作过程中要凸显作家自己的人的主体性，作家描写人物的时候要尊重作品人物的主体性，不要对作品人物任意揉捏，要根据人物性格的逻辑让他展现自己的主体性。读者在阅读作品的时候，也要发挥读者作为人的主观能动性，评论家在评论作品当中，也要体现评论家的人的主体性与主动性，而不是匍匐在作家脚下来诠释作品。他的这些观点非常重要。重要在什么地方呢？重要在他通过主体性理论，把"文学是人学"的笼统说法落到了实处。同时，还有一个更大的意义，那就是文学与政治的关系这个问题解决了之后，文学从政治的枷锁下解放了出来，新的立足点是什么，往哪里走更好，大家好像比较茫然，一时没有头绪，他的主体性理论出来之后，大家豁然开朗，人性、人道成为新的支点。他的这个理论，显然使得文学发展的空间性与可能性增大了，跟过去相比路子更宽广了。

20世纪80年代的许多文艺问题的讨论与争论，直接或间接地促使了当时的党中央在文艺政策上的一些重要调整。比如在1979年召开的全国第四次文代会上，邓小平代表党中央的致辞，就吸取了当时的文艺与政治关系大讨论的成果，代表党中央放宽了文艺的政策。紧接着是1980年7月26日的《人民日报》社论《文艺为人民服务、为社会主义服务》，把过去文艺为政治服务的口号改为了"文艺为人民服务、为社会主义服务"。这个改动看来是"一为"改"二为"，但意义十分重大，这使得文学的方向正确了，路子更加宽了。所以，我觉得在整个20世纪80年代，可以说从创作到理论，基本上是以政治为中心的文学演进。经过这种以政治为中心的在理论与创作两个方面的研讨与探索，整个文学不仅恢复到了"文革"前的水平，而且比那个时候更多样、更丰富。

第二个阶段是20世纪90年代。这个年代可以说是以经济浪潮为中心的文学演进阶段。

90年代刚开始的几年，文学出现了短时间的停滞，大约从1992年、1993年开始，文学与文坛出现了新的变化。这种变化的源头，要从邓小平南方谈话说起。

邓小平在1992年春季的南方谈话，人们一般只在引领改革开放的层面来看待其意义。其实，南方谈话对整个中国社会生活的改变，对文学与文艺的促动，也同样是巨大的。邓小平的南方谈话有一些重要的提法是史无前例的。比如，邓小平讲到改革开放胆子要大一些，要敢于试验时说：姓"资"还是姓"社"的问题，判断的标准，应该主要看是否有利于发展社会主义社会的生产力，是否有利于增强社会主义国家的综合国力，是否有利于提高人民的生活水平。邓小平谈到计划与市场的关系问题时说：计划多一点还是市场多一点，不是社会主义与资本主义的本质区别。计划经济不等于社会主义，资本主义也有计划；市场经济不等于资本主义，社会主义也有市场。计划和市场都是经济手段。正是这次南方谈话，使得"市场经济"正式写入随后召开的党的十四大的政治报告,发展市场经济也成为全党的使命与责任,整个国家开始往社会主义市场经济这个方向走。整个社会生活发展到今天这个样子,跟南方谈话关系至为密切。

社会生活开始向市场转型之后,就形成了商品大潮对文学的不断冲击。有一些文学人、文化人耐不住寂寞,也为了凑凑热闹,纷纷"下海"经商,后来有一些人"上岸"了,还有一些人没有"上岸"。那时候对文学冲击甚大的,是通俗文学热强势而来,包括像金庸、琼瑶、三毛这些港台作家,他们的作品开始热销,作品被改编成电视剧,更是被很多观众追捧,成为当时的热潮。那个时候,身处这种冲击中的文学人,因为这些东西超出了以往的文学经验,一时间不知怎么应对,都感到了莫名的焦虑。那个时候,文学书商与文学市场一同出现,国内外的通俗文学作品也开始主导文学阅读与图书销售。总之,一切都变得跟之前很不一样了。

现在回头看20世纪90年代的这些变化,会觉得确实是重要的。经济应该是社会生活的主旋律,但在过去,还做不到。只有在20世纪90年代,尤其是邓小平南方谈话之后,我们的整个社会生活,才真正做到了社会生活以经济建设为中心,经济建设以构建市场经济为中心。当然,这种经济改变社会生活的状态,对文学来说,在带来冲击的同时,也带来了某些促进,其中的积极作用,我以为主要是两个方面。

一是促进了长篇小说的崛起。整个20世纪80年代,长篇小说年出版量不到百部,多的也就100多部。但是从20世纪90年代开始,因为商品化、市场化,尤其是书商的出现,长篇小说年出版量年年往上涨,我记得1992年、1993年从300多部上升到500多部,上升得非常快,到 1998 年已上升到 1000 多部。过去长篇小说的写作和出版跟一般作者没有多大关系,一般人不敢写,写了也没有地方发。长篇小说的写作基本上都是名家的事,名家写了作品,先在期刊上连载,然后再由出版社出书。但是从 20 世纪 90 年代开始,许多人都开始涉足长篇写作,而且商业运作介入之后发生了很大的变化。在计划经济时期,基本上是以作家为中心,谁有名出谁的书,但市场化之后观念就开始变了,那就是以读者为中心,读者爱看什么就出版什么,至于是谁写的并不重要。正是这种变化,才有后来很多现象的出现,包括通俗的作品,包括"80 后"写作、青春文学,等等,都跟这个有关。

长篇小说在 20 世纪 90 年代的勃兴,有一个非常典型的例子,就是"陕军东征"。我认为这应该是长篇小说的商业运作与媒体炒作巧妙结合的一个典型范例。当时陕西五个作家各写了一部长篇小说,前后差不多的时间出版。因为连续召开陕西作家的作品研讨会,有人就惊呼"陕军要东征"。陕西在西部,东征就是打出潼关,走向全国。大家一看,确实是这样,五个作家,五部作品,接踵而来,紧密衔接。"陕军东征"这个概念,把分散的现象做了一个总体性的描述与广告性的概括。这样的话,无意的,成为有意的,个别的,成为整体的,变成一个带有倾向性的现象。"陕军东征"的五部作品,我认为实际上是参差不齐的,好的真好,差的真差,但经过"陕军东征"的整体包装之后,全部变成了畅销图书。

说到"陕军东征"的五部作品,我想侧重谈谈陈忠实的《白鹿原》与贾平凹的《废都》。《白鹿原》这部作品在没有获得茅盾文学奖之前很有争议,甚至有人意见很大,认为这部作品在叙述国共双方的斗争时,没有像我们过去的一些作家那样站在敌我分明的政治立场上，而是一种旁观的、文化的立场。还有就是作品里小娥这个人物，跟好几个男人都有关系，而且写得比较放达，也遭到很多人的诟病，一些人认为这些性描写几乎不输《废都》。另一些人则与此看法相反，认为《白鹿原》作者选取的是文化的角度而非传统的政治角度，正是对多年来的叙事模式的突破。而且作品将儒家与道家、家族与乡土多重文化线索相互交织，内蕴异常厚重，是多年来难得一见的长篇力作。这种争论也反映到当时的茅盾文学奖的评选中。正在大家相持不下时，当时身任评奖委员会主任的老评论家陈涌出面支持了该作品，做了两个"基本上"的肯定，即：作品写出了共产党胜利、国民党失败的历史趋势，作者的政治态度就是基本正确的；小娥这个人物的塑造，从人物性格描画和人物关系描写上看，也是基本得当的。这一看法扭转了争论的局面，最终达成了修订本获奖的结果。

大约是2010年岁末，我们社科院文学所当代室的新老同志聚会，那一年我担任了中国当代文学研究会会长。席间，一位叫陈骏涛的老评论家问我，你现在是会长了，如果让你从当代文学60年里选一部长篇，你选什么？我想了一下回答说，我选《白鹿原》，并解释说这部作品的精深与厚重，都是别的作品难以比拟的。另一位老评论家何西来应声说道：我同意。其他新老评论家都表示认可。可见，《白鹿原》这部作品的优秀，在文坛尤其是评论界，还是有共识的。

贾平凹的《废都》，与我很有些关系，那就是这部作品是我从贾平凹当时栖身的户县背到西安，又从西安背到北京交予出版社的。所以有人曾说过，《废都》是经由白烨的"黑手"走向社会的，这话也确实不虚。根据我的接触与了解，《废都》不能看成是贾平凹的代表作，但也确实是他的重要作品，它可能是病态的贾平凹的一个病态的文学样本。作品中主人公性史所蕴含的世纪末悲情，以及文人的幻灭感，其实是有很深的寓意的。不能只从性描写的角度来看待这部作品。而且，作为贾平凹不可重复的一次写作，对研究贾平凹其人，以及研究那个时期的文学状况都是非常有意义的。

长篇小说为什么在20世纪90年代这么勃兴？一个原因是经过长时间的积累，作家在长篇意识普遍增强的同时，从生活的积累到艺术的准备，都积淀到了一定程度。另一个原因就是市场的形成，读者的需求，还有那个时期大家都在抓长篇，作协在抓，出版社在抓，书商也在抓，所以引动了很多人来写长篇，包括一些未必适合写长篇的人也来写长篇，一些只是半成品的作品也急匆匆地出版了。所以，整个20世纪90年代长篇小说数量不断增加，但从质量上看比较芜杂，好的作品也就百分之一二而已。

市场化给文学带来的另外一个令人意想不到的新变化，是个人化写作成为基本定势。跟20世纪80年代相比，20世纪90年代在写作上没有群体性倾向，都是分散性的。这使习惯于拿一个概念来概括一个写作现象的评论家们很不适应，并为之着急。比如20世纪80年代有反思文学、改革文学、寻根文学等，一个概念就概括了一种写作倾向。但到了20世纪90年代，没法概括了，整体性的倾向没有了，写作极其分散，极其个人化，一下子让你觉得个人化写作时代的强势到来。过去那种群体性的写作，基本变为个体性的写作，也即"我们"的写作变成了"我"的写作。这里最为典型的代表，是以卫慧、棉棉为代表的"70后"写作，这个代际从20世纪90年代后期浮现出来，在整个文学的代际传承方面有很重要的意义。有关"70后"写作后边还要说到，这里就不详述了。

新世纪从2000年到现在，已经14年了，这14年的文学是以信息传媒浪潮为中心的文学演进。20世纪末出现的网络写作，逐渐壮大为丰繁的网络文学,伴随着网络兴起的,还有传媒的强势发展,包括传统传媒的娱乐化转向、新兴传媒的游戏化,尤其是网络科技信息的发展,跟我们的社会生活关系越来越密切,跟文学的相互渗透也越来越深入。网络文学本身的发展,大大超出我们的想象,它通过网络这个平台呈现,又通过网络这个管道传播,整个网络文学作品的生产与运营,构成了产业的链条,单独的系统,这是我们过去没有想到的,给文学带来的冲击和变化也是出人意料的。我过去认为网络文学是传统文学的后备军,现在我越来越倾向于认为它是正在崛起的另外一个文学主体,而且正在形成它自己的一种方式与体系。

总之,三十多年来文学有这样三个阶段,这三个阶段的发展变化都带有每个时代各自不同的鲜明特点。从今天来看,文学与政治的关系依然存在,文学与经济、市场的关系也依然存在,但当下最为显著的问题,是在各种关系的并存中,信息、网络、传媒对文学的影响更为深重。

二、新形态

关于文学演变带来的文学新格局,评论界有很多不同角度的概括与描述,比如有人说是精英文学、平民文学、草根文学,有的人认为是严肃文学、通俗文学、青春文学。这些说法,都有各自的道理,但我觉得,更为准确的分法与说法,是我的"三分天下"说。第一块是以文学期刊为阵地的传统性文学(或严肃文学);第二块是以商业手段为依托的大众文学(或通俗文学、市场化文学);第三块是以网络传媒为平台的新媒体文学(包括网络小说、博客写作、手机文学)。

传统文学或主流文坛,在过去基本上就等于整个文坛。由作协、文联系统举办的各类文学期刊，是文学作者学习写作和发表成果的基本阵地，也是文学读者阅读作品和瞭望文坛的唯一窗口。一个作者要从事文学、进入文坛，在文学期刊上发表作品和演练自己，是必经之路。现在则不然，一些作者可经由出版运作直接出书，一些作者可在文学网站自由发表作品，文学的进路与出路都较过去更多了。但文学期刊仍然以严肃文学的坚守、高质量作家作品的推出，成为整体文坛的重要构成和中心所在。这可由三个方面来看：一是由各级作家协会和有分量的出版社主办的文学期刊，联系着长期从事创作的各类文学作者，尤其是一大批造诣较高、影响较大的专业作家，这使它聚集了当下文坛最为重要的创作力量；二是文学期刊因为作者素质高，办刊专门化，所发表的各类作品都代表了同个时期的重要成果和较高水准；三是文学期刊本身也在不断变更，过去相对圈子化的现象开始有所打破，一些过去被忽略了的领域如长篇小说、散文随笔、青少年文学等，都有专门的文学期刊开始涉猎，这使得文学期刊在代表性与影响力上都有新的提升。所以文学期刊这一块，虽然整体上的影响不如过去，甚至经常面临生存困境，但它仍然是当下文学的主体构成部分。可是更吸引大众读者和年轻读者的则是后两者：大众化文学和新媒体文学。

大众化文学是在文学图书的大众化出版与商业性营销的过程中逐渐浮出水面的。文学出版在新时期以来得到了较大的发展，但在长期以来都只是文学期刊的延续与补充。在以前，一个作者如果不具有一定的知名度，是很难出书的。只有那些在文学期刊上发表了一些作品并造成一定的影响之后的重要作家，才有可能结集出书。而长篇小说作品，也往往是先在文学期刊上连载之后，再行出书。但进入20世纪90年代之后，情况便发生了明显的变化。因为出版行业逐渐市场化，乃至产业化，尤其是民间力量介入出版后，进而强化了市场运作与媒体炒作，文学出版开始由过去的以作者为主转而走向以读者为主，一些文学名家的力作经由"炒作"，大幅度地提高了印数，一些无名作者的作品也可经由包装，走进图书市场甚至成为畅销作品，文学出版由此进入了市场化的新阶段，而且逐步形成了以大众化读物和类型化小说为特色的文学图书阵地。比如现在市场占有率极高的凤凰出版社和长江文艺出版社，背后都有一个强大的文化公司。这些公司的市场运作手段经过二十年的发展，现在已经非常成熟了。

  大众化文学还有个特点就是以读者为中心，基本上是读者喜欢什么样的作品就编什么样的作品，出什么样的作品。从小说看，官场小说和职场小说的出版量和销售量是其他类型小说难以企及的。我每年主编《中国文情报告》，其中有一部分是年度长篇小说报告，我会选择二十部作品来论述，基本上是莫言、贾平凹、刘震云这些主流作家的作品，很难谈到一些很流行的作品，因为它们基本上不在一个档次。所以我们后面就设立了两个附录，一个是新浪网读书频道的小说类图书的点击量排行，一个是北京开卷信息技术有限公司提供的"文学图书畅销排行"，分别显示了哪些书在读者网络阅读中数量最大，哪些书在图书市场上销售量最多。这两个排行榜上，我认为好的小说，基本上找不到身影，有的只是《驻京办主任》《杜拉拉升职记》《诛仙》等官场、职场小说，或者玄幻、仙侠小说。这种现象已经持续了好多年。这反映了在长篇小说中已经出现了分野，严肃文学倾向和通俗文学倾向分野日益明显，无论是写作、发表、传播还是阅读，都呈现出各行其道的情形。我曾经读过《驻京办主任》和《杜拉拉升职记》，现实性的故事讲得很好，小说的意味确实很淡，很难说是传统意义上的小说。我认为，官场小说、职场小说的大行其道，非文学的因素很大，很大程度上是出于一种实用的目的。有人需要了解官场，有人需要进入职场，想通过这些描述官场与职场生活或经历的故事，来认知某些生活领域，或作求职参考。按说影响甚大的官场、职场小说，应该有相应的书评跟上，以引导阅读，但恰恰是这个生产量和阅读量巨大的部分，一直游离于批评之外，这是很令人担忧的事情。

第三个板块是新媒体文学。从现在看，新媒体文学主要是网络文学，但从发展趋势看，博客写作和手机文学也在蓄势待发，极有可能借助其新功能的开发获得长足发展。网络文学与网络写作是近年随着互联网的飞速发展而迅速崛起的一个领域。借助于网络平台，一些文学爱好者和写作者或建立自己的写作基地、文学网站，或参与一些门户网站的写作竞赛，先经由网络媒介造成一定的影响，转而出书，或跻身主流文学创作行列，或成为流行文学和时尚写作的新贵。网络写作的长处与短处，都在于它写作的"自我"，发表的"自由"，这既可能使那些别有才情的作者脱颖而出，迅速成长，也可能使那些重"名"不重"文"、"自鸣"不"自知"的写手得以寄身甚至成名。自从博客写作这种新的形式出现之后，以种种非文学的、非常规的手段吸引受众、博取眼球的倾向，大有愈演愈烈之势。博客作为独立于纸媒之外的另外一种媒介，其中有很多形式我们不能说其不是文学，而应该看到博客里的百家杂陈的文字，更像是先秦那个时代的文学，文史不分家。博客写作与传播，其具有的民间性和民主性更是别的写作难以比拟的。微博跟手机的联系，使其成为这个时代最便捷的写作方式，已经有人创作出了《围脖时期的爱情》，也有人举办过短信文学大赛，所有这些都值得我们密切关注。以往在这方面的研究相对薄弱,今后大有开拓的空间。

网络小说通过类型化的方式,使自身得到了极大的发展。可以说,各种题材类型的出现,与人们的阅读欲望是紧密相连的。虽然网络文学总体来看还在成长与发展之中,并且泥沙俱下、良莠不齐,但网络小说当中不乏优秀作品,比如流潋紫的《后宫·甄嬛传》。这部小说拍成电视剧之后,影响越来越大,甚至远播海外。流潋紫本来是一个中学老师,对清宫戏特别感兴趣,在这方面术业有专攻。对于网络小说我们不能轻视,就在于有些作者对某个题材非常熟悉,不论是资料收集还是艺术准备都十分充分,他们也许并不全面,但是在某一方面却做得很好。再比如科幻小说作者里有位刘慈欣,他创作的《三体》,开创了《科幻世界》月刊连载原创作品的先例,成为2006年度最受关注、最为畅销的科幻小说。我认为该书是当下唯一能和国际科幻写作进行对话的科幻小说。有些类型化的写作,也可能具有某些经典性因素,刘慈欣就开玩笑说他用写《战争与和平》的方式写科幻小说。当他吸取了传统文学与经典作品的一些因素时,作品在艺术上就会有很大的提升。

很多网络小说被改编成影视作品,这也是近年来值得注意的一个现象,这在很大程度上是因为网络小说作者来自民间,是从生活中涌现出来的,作品比较接地气。有评论家说过,网络作家是在生活中写作,而我们职业作家是在写作中生活。对网络小说多一些了解,我们就会对它多一分敬意。有一次在广东作协开会研讨网络文学,讨论使我激发出一种想法,我说我们把网络文学只当成一种文学是不够的,而应该当成一种文化,甚至当成一种新的文明,也就是数字文明。我们现在处在一种传统的文字文明和新型的数字文明相互交汇的时代。我们应该站在这个高度来看待新媒体文学的到来和未来的发展。20世纪80年代的《文学评论》上发表过文艺理论家林兴宅撰写的一篇名为《最高的诗是数学》的文章,说"最高的诗是数学"。当时,我们很不以为然,认为不过是表达了一种科学主义的文学观。可是现在看来,他的这种说法正在成为一种现实,数学和诗学在接近,在合一。我们应该有一种战略眼光,从更高和更远的角度来看待科技与文学的结合。

以文学期刊为主导的传统型文学,以商业出版为依托的大众化文学,以网络媒介为平台的新媒体文学构成了当下文坛的分离和分立。分离既是因为文学共识的破裂,也是因为文学个性的显现,文学在新世纪不断地分裂、分化,又不断地集结、重组,从而使相对整一性的文坛,变成格外多元的文学群落。从写作者的角度来说,有体制内的作家,有民间化的写手,有传统型的创作,有大众化的写作;从文学批评来看,有传统与专业的批评,有市场与媒体的批评,还有网络与博客的批评等。如许的分离和分立,既不奇怪,也不可怕,都还是当代文坛,只是文坛不再一统,像是分化成了文摊。现在本就是一个共识破裂的时代,许多问题都无法形成统一的认识。可是,不同的板块与看法之间,缺乏交流、沟通和互动,这才是问题所在。传统型作家也很忙,忙着开各种研讨会。可是他们会有一种自我想象,认为自己依然处于文坛的中心位置,总觉得自己一部新作出版,全国人民都在翘首以盼。他们全未觉察文坛已经发生了翻天覆地的变化,包括他自己已与中心相去甚远。这种夜郎自大的做法,可以说是自外于读者。还有现在的作协、文联这种体制内作家,往往年龄构成偏大,年轻化的力度太小,一些年轻作家又不了解体制,往往敬而远之。所以,我近几年来一直在帮助年轻作家,在他们和体制之间架一道桥梁,让他们互相走近一些,相互了解对方。

梳理和观察文坛三分天下的格局,有助于我们重新认识以前所忽视的许多问题,例如,读者的变化,阅读的变化。阅读的因素及其近些年的变化,我们过去关注的很不够,常常用一种经验型的自我想象去臆测读者,以为读者仍然一如既往,其实读者不但早就换了人群,而且变了口味。在新世纪的十多年中,读者以顽强显示阅读取向的方式,反馈和反映着他们的意愿与意向,也以他们忠实于某些写作的执着选择,成全、支撑着青春文学、"80后"、类型小说等的写作。这些新的文学倾向,是作者与读者、偶像与粉丝共同营造的产物。我们曾经做过一次阅读调查,发现青少年都是买书看的,尤其是中学生。郭敬明的《最小说》为什么能够热卖,就在于拥有着很有购买力的青少年读者群。因此,分群的背后,无疑也是观念的分解与彰显、趣味的分泌与张扬。因为读者群的相对年轻化,个人的趣味被摆在了最前面,他们的趣味比较自我,偏重于个人化和娱乐化,所以一些比较宏大的主题是不为他们所接受的。而人群阅读口味的变化导致文学生产的变化,怎样在适应读者中引导读者是我们面对的一个重要问题。我一直认为,除了中文系的文学教育,社会文学教育也是非常重要的。现在的社会的文学宣教工作,实际上是由一些媒体来扮演的,如报纸、电视、网络等。而媒体因为吸引眼球、魅惑大众的自身利益所决定,总是把"娱乐"不由分说地放在第一位,这使它们不只是向人们提供大量"娱乐化"的内容,还使它们把一切对象都做了一种"娱乐化"的处理,用"娱乐化"的方式传播一切。从这样的媒体和媒体传播那里,人们看到的只是一个充斥着奇闻逸事、奇谈怪论的被"娱乐"所包装、所加工的文学与文坛,一个严肃正气又丰繁多样的实在的文学,一个活跃不羁又总体向上的真实的文坛,实际上被遮蔽了,被扭曲了。社会的文学宣教工作,如果就这样仰仗这些"娱乐"媒体来完成,不只真实的文学与文坛有被"娱乐化"的危险,人们的情趣也有滑向肤浅化、游戏化的可能。这种明显低俗的倾向与影响,只会与我们本有的理想目标背道而驰。因此,把社会的文学宣教,当成培养人们阅读能力、提高人们精神素质的重要手段,从而纳入社会主义精神文明建设的大工程之中,切实抓紧抓好,看来是刻不容缓,势在必行。

在这样的一个三足鼎立的文学新格局的背后,是文学的环境与氛围的变易,是文学的生产与传播的转型。新世纪文学显然在不断地延展与陡然地放大之中,已非单一、单纯的文学领域里自给自足的现象,它必然又自然地连缀着社会风云、经济风潮与文化风尚,正成长或变易为一种混合形态的新型文学。

我觉得,文学的这种少有的新变,文坛这种与前不同的态势,如同社会经济生活出现了不同以往的新状态一样,也是与前不同的新状态,正如习近平总书记概括当下的经济状态时所说的"新常态"一样,文学也进入了一种有别于以前时期的"新常态"。

"新常态"在字面上包含了两个方面的意思。一个是"新",是过去所没有的,不常见的,或者不凸显、不重要的,属于新世纪之后新产生、新出现的;一个是"常",就是说,这些现象与状态,带有经常性,甚至日常性,会比较稳定地存在一个时期。一个"新",一个"常",表示了当下文学状态与过去的截然不同。也就是说,当代文学在社会文化生活的剧烈变动与影响下,以及自身的持续分化与不断泛化下,呈现出前所未有的新常态,这种新常态的主要特征是:当下的文学进入了一个凝聚着新力量,混合着新关系,包含着新元素的文坛新阶段。

概要地说,这种文坛新常态,主要表现在以下四个方面:

第一,在文学生产上,日益呈现出多机制与多成分的混合性。创作的组织、写作的主导、作品的运作,由传统的作协体制、期刊和出版社机制,变成事业与企业、国企与民营、纸媒与网络等多种力量共同参与、多个链条齐头并进的多元状态。

第二,介入文学的元素增多了,影响文学的关系复杂了。过去影响文学的,主要是社会文化氛围、现实政治环境,现在不断加入进来的,既有市场与资本,又有传媒与信息,还有网络与科技。这些元素的介入与强化,使得文学的场域格外混杂,文学的关系更为复杂,影响文学的元素与因素、动能与动力也更加多维与多向。

第三,在作家群体与作品构成上,因为新代际的崛起,类型化的分泌,成分更为丰富,样态更为繁杂。严肃与通俗、传统与类型、纸质与电子、线上与线下,各自为战,又相互渗透,总体形态更为丰繁多样。

第四,文学的传播、阅读与接受,因文学读者的年轻化,审美趣味的分化,娱乐需求的强化,在文学类型多样化的同时,文学的阅读也将进而走向分层与分众,多面与多边。经典阅读与轻松阅读,纸质阅读与电子阅读,静态阅读与移动阅读,将在分化中并立,在共存中互动,并带来趣味上的抵牾与观念上的冲撞。

三、新挑战

新的演变带来新的格局、新的形态,也构成了新的问题、新的挑战。这些问题以新旧杂陈的方式交织在一起,总体上又呈现出丰繁多样的状态,令人目迷五色,难以分辨。而即便是厘清了眉目,找到了症结，又因其盘根错节，犬牙交错，在如何处理和应对上又构成极大的挑战。

这些构成冲击与挑战的问题与难点，可从以下四个方面来看。

1. 写作的分化

文学写作日趋分化，已是不争的事实。这种分化从大的方面看，有靠近严肃文学的，有偏于通俗文学的。深入底里去看，严肃文学中又有为人生的，为人民的，为个人的，还有为艺术、为评奖的。为评奖的写作中，还分别有为"茅盾文学奖"的，为"诺贝尔文学奖"的。而以网络文学为主的通俗文学写作中，有为兴趣的，为娱乐的，为出名的，为挣钱的，五花八门，不一而足。作为一种个人化的精神劳作，文学写作的各种追求，似乎都无可厚非，但实际上却是大可予以追问的。如果写作只是个人宣泄，只是文字游戏，没有更高的目标，缺少艺术的品质，不考虑读者的观感和社会的效益，这样的疏离世道人心的作品，很可能既给读者添堵，又给社会添乱。文学与艺术创作中之所以经常会出现一些庸俗与低俗乱象，盖因一些写作者秉持的理念只有基本的下线，不求较高的上线。

文学写作作为一种精神劳动，文学作品作为一种艺术成果，怎样在追求个人性中兼顾公众性，在信守自主性中兼顾社会性，在适从市场性中兼顾艺术性，在图求艺术性中兼顾思想性，需要写作者不断反省自己和校正路向，也需要文学从业者和关系人理清自己的思想观念，树立正确的判断尺度与健康的欣赏趣味，努力营造不失正鹄的审美风尚和光风霁月的文化环境。

2. 传播的变化

文学传播较之过去,既在纸质化的方式上新增了电子化的传播方式,同时也借用和借重其他方式,使文学传播趋于多样化了。

电子与网络的介入文学传播,一开始只是网络文学作品,现在则不限于此。纸质作品的电子化,网络作品的纸质化,这种双向转换已是出版领域的常态化方式,这使传统形态的主要以纸质形式传播的文学作品,越来越多地走向了电子化。现在不仅图书电子化了,而且期刊、报纸也电子化了。这种电子化延伸到手机之后,手机也变成了移动的阅读工具,使得阅读在时间与空间上得到了前所未有的扩展与延伸。

传播的变化带来的,不只是在纸质形式之外又有了电子形式,它还打破了传统阅读的静态方式,超越了纸质作品背靠背的阅读方式。它的动态型阅读,尤其是跟着作者更帖阅读的方式,使电子形式的传播充满了读写之间的密切互动,作者留意读者的跟帖,读者介入作者的更帖,这使传统的作者与读者的关系,变为偶像与粉丝的特殊关系。这种读写互动的共同体,也构成了网络文学不同于传统文学的最大特征。

文学传播中的另一个新的现象,是影视改编作品对于小说原作的大众化推广。小说改编为影视作品,这在过去多见于传统型的纸质作品,但现在则成为网络小说走向读者大众的一个重要方式。许多传布于网络的类型小说,通常先改编成影视作品,经由高水平的技术制作与艺术演绎赚取较高的收视率之后,再予出版纸质作品,进而占领出版市场,赢得更多读者。前几年的《后宫·甄嬛传》《步步惊心》,近期的《琅琊榜》《花千骨》等,都是极为成功的典型例证。这种运作方式的迭获成功,已使网络小说作者把改编影视作品看成最为重要的传播方式,而网络小说也由此成为影视作品改编的主要来源。

3. 阅读的俗化

现在的阅读越来越趋于通俗,乃至低俗,是显而易见的。阅读的这种下滑性变化,有两个方面的主导因素与具体表现。

一个方面是娱乐性的欲求逐步凸显,消遣性的需求不断增强。这些年,随着娱乐化的文化潮流渐成风尚,消遣性的文化消费大力增长,文学作品尤其是流传于网络的类型小说开始注重娱乐性元素和游戏性功能,使得注重消遣与娱乐的文学阅读与文化消费,有了可供选择的丰富对象,供与需的两个方面形成互动关系,构成了一定的利益链条。这些年来,在文学图书的出版销售中,越来越呈现出两种不同的趋向,一种是"圈子"里叫好的,一种是"场子"里叫座的,"圈子"里叫好的"场子"里不叫座,"场子"里叫座的"圈子"里不叫好。而那些"场子"里叫座的,要么是官场小说、职场小说,要么是玄幻小说、穿越小说,或者是已改编为影视作品的小说原作。总之,一定是故事好看的,意趣好玩的,读来轻松的。

另一方面是随着网络科技蓬勃兴起的电子阅读。电子形式的阅读,带有轻阅读、快阅读、碎片阅读、图像阅读的诸多特征。这种阅读近似于浏览,主要以获取显见的信息与浅层的愉悦为主,与旨在精神陶冶和艺术审美的深度阅读相去甚远,但已成为青少年文学阅读的重要方式。2013年,广西师大出版社做了一个"死活读不下去的书"的网络调查,数千名网友参与投票,把诸如《红楼梦》《百年孤独》等已有定评的中外文学名著一概投了进去,而且这些书还名列前茅。这里蕴含的问题,既有现在的一些读者在观念上疏远经典的问题,也有一些青年读者用电子阅读的方式对待经典的阅读错位问题。还有一个实例是,2015年上半年,在北京大学图书馆、山东大学图书馆所发布的学生借阅文学图书排行榜上,两所大学都是《盗墓笔记》排第一。即便《盗墓笔记》属于网络小说中的力作,但仍属于通俗性的类型文学,那么多的名校大学生竞相阅读,不免令人为之惊愕。现在的大学生,应属"90后"一代中精英,而他们在文学阅读上的取向与口味,无疑偏向了通俗。精英阅读尚且如此,其他人的阅读可想而知,这确实让人很不乐观。

4. 批评的弱化

当下的文学批评,无论是与批评的过去时期相比,还是与创作的现状相比,都明显地趋于弱化了。这既跟文学批评的自身更新求变不够,未能与时俱进有关,更跟文学创作的发展日益泛化,新的文艺形态层出不穷有关。可以说,现在的情形大致是:相对滞后的批评,面对不断更新的创作;相对萎缩的批评,面对一个不断放大的文坛。

批评的问题,涉及理论的充实、方法的更新、视野的拓展、队伍的建设、力量的整合、新人的培育等诸多方面问题。这些问题的切实解决,既要靠批评本身去努力奋斗、不断调整,也要靠整体的文学领域协调动作,通力协作,尤其是有关文学、文化领导部门的高度重视与认真对待。

就批评本身而言,如何在共识减少的情况下重建基本共识,在多元多样的状态下彰显核心价值,在文学的认知与批评的尺度上求同存异,形成合力,已是一个迫切需要解决的问题。现在的批评,如同现在的学术研讨,常常是言说者自说自话,与会者各说各的,看似一样的提法但各有各的说法,似乎同样的概念却有各自不同的内涵。这种情形就导致了共识越来越少,歧见越来越多,宽容越来越少,抵牾越来越多。

更为严峻的问题,可能还是对于以网络小说为龙头的新媒体文学,现有的文学批评介入的力量既很显薄弱,又很不内在,基本上难以起到以有力的批评影响创作、生产和传播的实用功效。这既跟现在的批评队伍年龄结构偏大、知识构成偏老有关,又跟具有新的理论知识和文化视野的新型人才相对缺乏,理论与批评的后备力量都明显不足有关。而这样一些涉及全局和代际的问题,显然是批评自身所难以解决的,需要有关领导部门进行全面布局和总体部署。这个问题已经迫在眉睫,而它的解决,既关乎文学批评的重振雄风,也关乎整体文学的协调发展。

总之,文学的新演变带来了新形态,注入了新活力,也造成了新问题,构成了新挑战。而这样一种文学创作与文学批评的新现实,无论是从文学研究上看,还是从文学管理上看,都大大超出了人们已有的文学经验,需要我们在深入调研、充分了解和准确把握的基础之上,破解新的难题,探索新的方法,开展新的实践,总结新的经验。这是新的文艺现实提出的新的要求,也是时代赋予我们的新的任务。

新世纪文学 20 年的走势与前景

这次第二十一届学术年会的主议题是"新世纪文学二十年：走势与前景"。选定这样一个议题，是考虑到新世纪文学到今年，已经整整 20 年了。这 20 年的文学，发生了许多新的演变，出现了不少新的现象，也提出了一些新的问题。我们需要以这 20 年为主要对象，对现状进行梳理，对走势进行评估，对问题进行论析，通过这样相对集中的观察与研讨，对 20 年来文学的发展演进，及其在经典性作品、代表性现象、重要的经验等方面的收获与成果，作出我们应有的理论思考与学术探讨，并为今后的文学健康发展提供有益的意见与建议。

新世纪文学，虽然只有短短的 20 年，但面临的挑战，经历的变革，发生的变化，都是前所少有的。这 20 年，有很多新异的现象，有很多重要的话题，但从格局演变和整体影响的角度来看，最为重大而显著的新变，是在原有的文学秩序中，新增了网络文学的板块，以及与此相联系的新的文学元素。网络文学自 20 世纪末初现身影之后，在新世纪的 20 年中迅速崛起与飞速发展，这既超出了人们的原有预想，也丰富了文学的主要构成。据中国互联网络信息中心发布的第 44 次《中国互联网络发展状况统计报告》称，截至

2019年6月，我国网络文学的用户数量已达4.55亿，占网民整体的53.2%。另据中国音像与数字出版协会等部门发布的《2018中国网络文学发展报告》提供的数据显示，目前国内网络文学创作者已达1755万。据中国社会科学院发布的《2019年度网络文学发展报告》显示，截至2018年，在网络领域流传与累积的文学作品已达到2442万部。在内容生产不断丰富与持续增长的同时，网络文学在海外的传播也与日俱增，网络文学还以IP为核心，不断扩大与多种文艺形式的联姻，形成了新的文化增长点和巨大的发展潜能。

网络文学依托网络科技、商业资本和年轻受众的强劲发展与强势扩展，既使网络文学走向不断完善的市场化和自成一体的产业化，又给整体的文学带来诸多的冲击和深刻的影响，使得影响文学的关系变得复杂了，主导文学的力量变得多元了，整体文学的构成越发丰繁了。与网络文学同时崛起的，还有年轻一代的文学写作者、从业者、爱好者的成长与壮大，这样一个年轻又新潮的文学群体的介入，带来了不同的写作取向，也带来了新异的文学理念，这也在观念的层面对整体的文学，包括文学创作与生产、文学传播与阅读、文学的管理与秩序、文学批评与研究等，都既增加了活力，也构成了挑战。总的来看，新世纪20年中网络文学的异军突起，给当代文学带来的冲击与变化，是巨大的，结构性的，甚至是革命性的。

我觉得网络文学及其相关现象与形态的出现与繁衍，事实上已经给当代文学的发展进程划出了一条显而易见的分界线，使当代文学以新世纪为标线，比较清晰地划分出了前50年和后20年的不同阶段，也即没有网络文学的50年和有网络文学的20年。这也给当代文学史的写作提出了一个严峻的问题，即怎么对待和处理不断膨胀且仍方兴未艾的网络文学,以及网络文学加入进来之后面目不断更新的当代文学。总之,新世纪文学的 20 年,乃至与此相连的文学新时代,因为网络文学及其相关现象、形态的不断演化与持续影响,当代文坛从原有的文学管理、文学秩序,到我们的理论批评、文学研究,都面临着前所未有的新的冲击、新的问题与新的挑战,这已经是无可讳言的事实。

文学的新世纪里,包含了文学的新时代。怎样从文学的角度去认识新时代当代文学的主要任务,习近平同志在党的十九大所作的《决胜全面建成小康社会,夺取新时代中国特色社会主义伟大胜利》的报告,给我们提供了重要的思想指引与坚实的理论依据,那就是"人民日益增长的美好生活需要"和"不平衡不充分的发展"之间的矛盾。这里的"日益增长的美好生活需要",当然包含了通过优秀作品丰富文化生活和增强精神力量的需要。这里的"不平衡不充分的发展",自然也包含了文学创作与文艺生活的不平衡、不充分发展,这在网络文学向网络文艺与网络文娱的不断扩展中表现得更显见、更突出。毋庸置疑,满足"人民日益增长的美好生活需要"的要义,是要有更多更好的文艺精品力作。因此,习近平在报告中谈到"繁荣发展社会主义文艺"时,特别强调"要繁荣文艺创作,坚持思想精深、艺术精湛、制作精良相统一,加强现实题材创作,不断推出讴歌党、讴歌祖国、讴歌人民、讴歌英雄的精品力作。发扬学术民主、艺术民主,提升文艺原创力,推动文艺创新"[1]。这里既明确了文艺精品的几个重要标准,又提出了创作和生产文艺精品的主要措施。从

---

[1] 习近平:《决胜全面建成小康社会,夺取新时代中国特色社会主义伟大胜利——在中国共产党第十九次全国代表大会上的报告》,人民出版社 2017 年版,第 43 页。

这样的总体性要求来看,包括文学创作、文学评论研究、文学组织管理在内的当代文学,在新时代的重要目标与基本任务,就是"精品力作"的创作与生产。围绕着"精品力作"这个中心,文学的创作与生产、文学的评论与研究、文学的组织与管理,在各自发挥作用的同时,还应该在整体上形成一种合力,造成促进"精品力作"产生的良好氛围与有效机制,通过更多更好的"精品力作"的不断问世,来努力构筑新时代的文艺高峰。

因此,我们的当代文学研究,除去联系文艺现实,切近创作实际之外,还要紧跟国家建设的需要,适应社会发展的需求,发掘新的可能,形成新的动能,要围绕创作与生产"精品力作"这个新时代的中心任务,发挥文学的理论、批评与研究的特殊作用,使我们作为文学两翼中的重要一翼,推动文学事业的健康发展,并在这一过程中回应时代课题,提高研究水准,完善学科建设。新世纪文学20年的诸多变化与挑战,新时代文学的重要目标任务与迫切需求,正给我们的当代文学研究提供了绝佳的契机和绝好的舞台,相信我们的当代文学研究将在迎接种种挑战中焕发新的活力,获得创新性的发展,努力创造属于新世纪、新时代的新辉煌。

现象观察

网络文学：多方发力图自立

——2013年文学观察

近些年来，网络文学在信息科技化、传播多样化、写作平民化、阅读浅俗化等多重因素的合力推动之下，一直呈现出一种作者不断扩充、领域不断扩张、影响不断扩大的基本态势。2013年，不仅这种强劲的势头有增无减，而且还在创作、运营等方面，以贴合网络传媒的自身特点，从自发状态向自立状态不断过渡。

据有关统计数据显示，截至2012年底，以不同形式在网络上发表作品的人数有2000多万，注册写手计有200多万。其中通过网络获取经济收入的已达10万人，职业与半职业的写作者超过3万人。而截至2013年6月底，我国与网络文学相关的网民数为2.48亿，远高于网络音乐、网络视频、网络游戏等的应用。与此同时，网络文学已走出写作与传播的平台和媒介的单一模式，正在走向"全版权营销"，即优秀的网络文学作品不仅可以在线阅读和无线阅读，还可以出版实体的纸质图书，改编成电影、电视剧或网络游戏、动漫作品等，开发出相关的衍生产品。有人认为，现在的网络文学，"已由原生时代进入资本时代"。这样的一个说法，已是不争的事实。

从创作方面看，点击量最高影响也最大的长篇网络小说，依然是虚构类作品,尤其是玄幻、仙侠类,更是一路领先。综合年度各种排行榜的情况,排在前 10 位的,依次是我吃西红柿的《莽荒纪》、唐家三少的《绝世唐门》、鱼人二代的《校花的贴身高手》、梦入神机的《圣王》、耳根的《求魔》、猫腻的《将夜》、风凌天下的《傲世九重天》、辰东的《遮天》、御赐鹿鼎公的《网游之天下无双》、石章鱼的《医道官途》。10 部作品,内蕴各自有别,但无一例外都是仙侠与玄幻、灵异与超能一类。如果说穿越小说之所以流行,背后是作者通过大胆的想象来补偿历史的缺失的话,那么玄幻类小说所以流行,多半是经由放达不羁的幻想,对于人的能力的无限放大与对于人性的极端神化。正因玄幻小说中的人物往往能力超凡,武技诡异,拥有毫无限定的自由,想要什么就有什么,对于普通读者来说,便构成了一种极大的满足与快乐的诱惑,提供了放松心灵、体验自由的机会。在充分地娱乐读者的关节点上,它们把自己与传统型的小说创作明显地区别了开来,由此实现了自足与自立。

2013 年的网络文坛,除去长篇小说创作的强势增长,还呈现了一些新的现象,其中尤以两个方面的动向最值得关注。

一是文学网站与网络公司围绕着市场走向的并购与重组。今年以来,先是脱离"盛大文学"的原"起点中文网"核心团队,与"腾讯"合作另组"创世中文网"。不久,"腾讯文学"高调亮相,宣告网络文学成为腾讯核心业务之一。此后,具有行业优势的门户网站,如"新浪""腾讯"等,纷纷将其读书板块独立出来,成立了新浪阅读公司、腾讯读书频道。百度网和凤凰网也先后创建了自己的文学网站和文学频道。百度在建立"百度多酷"之后,还计划并购纵横中文网,大举进军原创网络文学领域。这些动向隐含的信息是,文学网站集团化、产业化的模式进一步凸显和强化,过去的以内容为主的网络传媒的读书与文化频道,将以实体公司的形式彻底转型,由传播性、媒体化,变为经营性、市场化。

二是网络文学成为网络经济新支点,网络作家日益成为吸金大户。网络作家通过阅读点击和纸质版税,由不赚钱到开始赚钱,是近年来逐步出现的现象。2013年,这个现象更为凸显,尤其是那些在不同类型写作中作品较好、读者众多、影响甚大的"大神级"作家。12月初,《华西都市报》发布了2013年"第八届中国作家富豪榜"。其中的网络作家子榜单,唐家三少、天蚕土豆、血红分别以2650万元、2000万元、1450万元的版税收入排名前三。而作家富豪榜的主榜单,莫言虽有获得诺贝尔文学奖的强力支撑,但仍以2400万元的版税收入排名第二,排名第一的是年度版税收入2550万元的网络作家江南。

以上情形都清楚地表明,在当下的中国文坛,立足于新技术平台的网络文学,已以持续而海量的生产与传播,成为一个不可忽视的文学存在。而且由它的从业人数、行业规模和社会影响来看,都呈一种几何级数的迅猛发展势头。网络文学的这种强劲崛起,从文学、文化的生态上说,消弭了文学雅俗分化的原有界限,扩大了文学的社会影响,带动了文学的产业发展,在拓展文学领地、重构文学格局上,有其一定的积极作用与重要意义。但毋庸讳言的是,它同时又带来不少新的问题,提出许多新的挑战。比如,网络文学强化了文学中的通俗乃至低俗倾向,使文学在分化与泛化中,数量激增而质量下滑;网络文学从创作、传播到阅读,都更为追求利润的最大化,使得对经济的追逐更甚于社会效益。还有,网络文学发展的迅疾与庞杂,超出了人们已有的文学经验,在管理与评价等方面,还缺少相应且有效的应对措施,使得网络文学的生产与传播，基本上是在一种无监管、无批评、无制衡的自然状态中自我运行。这些情形从整体和长远来看，都存在着诸多问题，包含着种种隐忧。

网络文学如何在适应读者中引导读者，在普及中着力于提高，不要盲目地去迎合，一味地去迁就，是摆在网络作家尤其是"大神级"作家面前的严肃问题。就网络文学的整体而言，如何避免文学的要素越来越淡化、经济的因素越来越强化的倾向，警惕"资本"成为主导网络文学生产与消费的主要力量，则是更为严峻的问题。作为整体文坛的新兴力量，文学与文化的管理者如何以切合网络文学的方式，开展网络文学作品的评选与评奖工作，促使网络文学在有序的竞争中优胜劣汰，良性发展，如何协同网络文学的创作者、经营者和研究者，尽快探讨和构建网络文学评价体系，培养和建立网络文学批评队伍，逐步建立起能够跟踪网络文学现状，品评其中的代表性作品的评论家队伍，以便与数量庞大的创作队伍相适应等，都是迫在眉睫又需要花工夫、下气力的重要工作与主要任务。显然，这需要各方的协同努力，也需要一定的过程与时间。

类型小说的喜与忧

文学自进入21世纪以来,一个显而易见的变化,是越来越走向前所未有的泛化与分化。在传统的严肃文学之外,由网络平台兴起的类型小说,则是其中发展最快、影响最大的一个文学板块。现在的长篇小说领域,其主要构成基本上是严肃文学与类型小说两大类别,甚至形成了两种写法、两类阅读的明显分野。这种类型文学的方兴未艾,虽然使文学生态更显多元和多样,但生动而纷繁的发展中,也潜藏了一些倾向性的问题,值得人们认真关注。

不久前一家报纸在采访我时,要我谈谈当代国外类型文学的发展状况。我请教了一些外国文学学者,查阅了一些相关资讯,根据我有限的了解,好像国外只有通俗文学、大众文学的说法,没有类型文学的概念。类型文学的提法与现象,是中国特有的,或者说是中国特色的文学现象。这与网络传媒的崛起关联密切,也与文学自身的分化发展很有关系。长期以来,我们的通俗文学发展缓慢,供需失衡,这样的一个状况终于在网络这一新的传播平台的有力助推下,在21世纪获得爆发性发展,并逐步演变为现在的类型文学。所以,跟国外的同类文学比起来,我们的类型文学,不仅是他们所没有的,而且颇有点"忽如一夜春风来,千树万树梨花开"的景象。

类型小说是指以题材分类的流行小说，它其实就是对偏于通俗文学的作品再在文化背景、题材类别上进行细分，使之具有一定的模式化的风格与风貌，以满足不同爱好与兴趣的读者。类型小说的兴起与发展，至少有写作、阅读与市场三个方面的因素在合力主导。尤其是阅读趣味不断发生分化，不同的趣味与需求都需要得到满足，这是类型小说长盛不衰的根本原因所在。类型小说到底有多少类型，因为区分不同，看法并不统一。结合现有的作品类型与流行提法，它可以归为十个大的门类，这就是：架空\穿越（历史）、武侠\仙侠、玄幻\科幻、神秘\灵异、惊悚\悬疑、游戏\竞技、军事\谍战、官场\职场、都市情爱、青春成长。如果再细分，还会更多。类型小说过去主要流行于网络，现在除了网络，还延伸到了传统文学的期刊与纸质出版等领域。通常的传播方式是，先在网络与线上造成一定影响，然后再做延伸产品，如改编影视、改编游戏、纸质出版等。大约从2010年开始，类型小说转化为纸质出版的力度加大。这不仅造成了年度长篇小说出版总量增加到3000部以上，而且带动了写实类的职场、官场小说，虚构类的穿越、玄幻小说的持续热销。

　　目前，类型小说虽然总体上还不失其多样化，但最为行销的，则主要集中在官场与玄幻两大类别。据开卷图书研究所"2012年小说类图书畅销排行"统计，在前10名畅销图书中，以黄晓阳的《二号首长》《高手过招》《阳谋高手》为代表的官场小说就占据了4种之多。而"新浪·读书2012年小说类图书点击排行"显示，排在前10名的小说，除去排第二的《失宠王妃》之外，其余9种均为官场小说，如《我的野蛮上司》《总裁的午夜新娘》《女副部长官场博弈》《二号首长》《交易》《新驻京办主任》《省委第一秘书》《靠近女领导》等。

而在网际与线上广为流行的,主要是玄幻与仙侠类小说。在"盛大文学"发布的"2012年Q1云中书城数字图书销售排行榜"中,排前九位的作品均为起点中文网旗下作家所著的玄幻类小说,如我吃西红柿的《吞噬星空》、唐家三少的《神印王座》、不信天上掉馅饼的《官家》、月关的《锦衣夜行》、猫腻的《将夜》、天蚕土豆的《武动乾坤》、忘语的《凡人修仙传》、辰东的《遮天》等。

而恰恰是官场与玄幻这两类最为畅销的类型小说,存在着较多的问题,又游离于批评之外。概要地来说,这两大类型的作品,内容各有严重的缺失,写法上也少有文学性,称之为原创小说都较为勉强。客观地说,早期的由改革文学过渡而来的官场小说,针砭时弊、揭露腐败,在正与邪的较量中充满人间正气。而后来的官场小说,渐渐由仕途进退、官场沉浮,进入展示腐败本身和渲染权色交易的泥淖。这种"后官场小说",成为当前市场上的主要产品,使得这一题材领域严重变味。有调查显示,官场小说的读者中,党政机关公务员占到30.5%,工商企业工作人员占27.1%,事业单位工作人员占20.3%。三者相加,占到了阅读总人数的77.9%。不难设想,这些置身官场的人们读了这样正邪难分的官场小说,很难指望他们能对官场现状进行应有的反省,恐怕负面的作用要大于正面的影响。而脱胎于武侠小说的仙侠\玄幻小说,也看不到早期武侠的行侠正义、匡正诛邪。作品里除了魔杖、魔戒、魔法、魔咒,还有各种千奇百怪、匪夷所思的怪兽、幻兽。这里的所谓武林高手之间的交手,其实根本不是武功修为的较量,而是各自"宝贝"的角力。这些玄幻文学所呈现的,实际上就是一个游戏化的技术产物。因此,它并非幻想的文学世界,而是文字呈现的游戏世界。这种"拟象"的世界,因为体现的并非现实社会的真实投影,必然是"缺血、苍白"的,不食人间烟火的。这种作品，除了给某些人以一种简单的神性想象的满足与发泄之外，很难再有更多的意义。这种典型的快餐性作品，其实只是一种文学的衍生品。

当然，对于偌大的类型小说作者群，也不能轻视。事实上，在军事类题材、历史类题材、后宫类题材的一些作品中，一些类型小说家也表现出很高的艺术才情，使得这些类型小说在思想性与艺术性上，都具有一定的水准。这也表明，类型小说作家，文学造诣也许并不一定全面，但因为情有独钟，术有专攻，不排除会在某一方面的写作上，发挥自己的独特优势，施展自己的特别才情，写出带有经典元素的佳作来。总体来看，类型化的作家因为尚年轻和未定型，可能还会有新的成长与变化，并在这一过程中进而走向分化、成熟。而这种成长与成熟，显然既需要文学批评的助力，也需要与传统文学的接轨。

正是在这个意义上，我特别看重由浙江省作家协会、杭州师范大学等单位共同主办的"西湖·类型文学双年奖"，并认为有其特别的意义。2013年3月，首届"西湖·类型文学双年奖"在杭州揭晓并颁奖，15部作品分获金、银、铜奖，其中，刘慈欣的《三体》摘得金奖，流潋紫的《后宫·甄嬛传》、龙一的《借枪》、张大春的《城邦暴力团》、猫腻的《间客》获得银奖，孔二狗的《黑道悲情1》，小桥老树的《侯卫东官场笔记》、桐华的《步步惊心》、李西闽的《腥》、李可的《杜拉拉大结局》、阿越的《新宋》等获得铜奖。作为国内首个直接面向华语网络文学和类型小说的文学大奖，可以说，"西湖·类型文学双年奖"对近年来类型小说进行了一次系统梳理与认真选拔，各个类型的优秀之作，都被一一遴选了出来，反映了类型文学创作近年的已有成果。因为类型文学兴起的时间较短（十年左右），并游离于主流文学的关注视野之外,所以之前没有设立这一方面的奖项。这次的类型文学评奖,是在这个庞大的文学领域首次设奖,可以说弥补了这一方面奖项的空白。它的设立与开评,确实有为类型文学正名的意义。除此以外,它还具有通过评奖,向文坛内外通报类型小说优秀作品排行的意义,通过彰奖优秀作家作品,向广大类型小说作家提供创作示范与借鉴的意义。

从目前类型文学的现状与走势看,未来类型文学的发展,将会在现有的基础上,一些类型逐渐超越原有的题材范畴,向跨界延伸,逐步融合,如现在的职场与官场,已呈现出你中有我、我中有你的融合迹象。这样的跨界发展,会使类型文学较之过去视野更为宏阔,内涵更为宽泛。还有就是一些类型文学作家会借鉴经典文学的因素,向传统文学致敬和靠近,使类型小说的文学性更为增强,生命力更为增长,影响力更为增大。比如刘慈欣的科幻小说,流潋紫的后宫小说等。如果这一切越来越成为一种大的潮流的话,类型文学就会成为与传统文学互动、互竞的一个新兴文学力量。

网络文学的超文学意义

21世纪以来的当代文学与当下文坛，较之过去发生了巨大的变化。这种变化最为引人注目的，是在传统型的文学形式和样式之外，又出现了一些新型的文学形式和样式，使得文学开始泛化了，文坛陡然变大了。我把这种变化概括为"三分天下"的基本格局：以各类文学期刊为阵地的传统型文学（或严肃文学），以图书出版营销为依托的市场化文学（或大众文学），以网络科技传媒为平台的网络文学（或新媒体文学）。在这种结构性的巨大变化之中，不同板块都在碰撞中有所变易，有所进取，但其中发展较快、影响甚大的，却是新兴的网络文学，或以网络文学为主体的新媒体文学。而且，网络文学在发展演进之中，越来越显示出其超文学的意义。而这，正是值得我们高度关注的。

以网络文学为主的新媒体文学，在两个方面的发展极大地超出了我们的想象。一是以类型写作的分化，逐步显现特点，迅速形成气候。一开始网络文学与传统型文学的区别不是特别大，后来区别越来越明显，进步也越来越显著，尤其是其成为类型化写作演练的舞台之后，便跟传统型文学渐渐区别开来了。现在网络文学的类型，影响较大的就有十几种之多，如玄幻、仙侠、青春、穿越、言情、悬疑、历史、军事等。这些类型作品不只活跃在网际，有的还转为纸媒作品出版，在图书市场上占有越来越大的份额。2009年度的长篇小说出版总量达到前所未有的3000多部，其中传统文学领域的长篇小说作品也就1500部左右，其余的都是类型小说中由网络转场于纸媒的图书。还有一个是文学网站的发展，由小到大，不断整合，已开始出现集团化、产业化的倾向。现在注册的网络文学网站有5000家左右，其中很多文学网站都是很有实力、极有影响的，它们不仅作者多、作品多，研讨会和评奖活动也很多。现在很多文学网站已走出赔本赚吆喝的原始积累时期，通过收费阅读、互换广告等很多方式，开始自负盈亏或者开始盈利。成立没有几年的盛大文学有限公司，依靠现代科技与市场经济的双向支撑，先后把起点中文、红袖添香、晋江原创、榕树下、小说阅读网、言情小说网和潇湘书院等七家重要文学网站收归旗下，目前注册作者就有90多万人，库存小说作品有300多万部。中文在线也收购了17k文学网等相关文学网站，向集束化方向发展。这些文学网络公司用他们的方式打造作家，营造产业，已成为当下文坛呼风唤雨的重要的文学机制。

网络文学的这种强势又长足的发展，看得见的强力依托，一是现代科技的支撑，二是资本力量的介入。其实在这背后还有更为内在的缘由与动因，就是文学写作的平民化的兴起与大众文学主体的崛起。相对于传统型文学的体制化与高门槛，网络文学是无序化与低门槛的。因此就具有两个明显的特征：一个是泥沙俱下，一个是卧虎藏龙。因为没有准入要求，门槛较低，所以那些有才气的作者可以一展身手，没有什么才气的作者也可以登台亮相。这种写作的自发性、传播的自在性，使得这种写作成为写作欲望的自由表达，也成为写作权利的自主掌控与自行利用。写作与发表，这些人们在宪法上与理论上该有的权利,即"公民有言论、出版的自由",在这里得到了相对普遍的实现。所以,在网络文学草根化、反精英化的背后,显现了一种写作平民化;写作平民化的背后,体现了文化权利的民主化。因而,网络文学的兴起,实质上是大众文学主体的崛起。因为是另一个主体,另一个体系,所以它的成长与发展,都是依赖与自身相关的因素,旨在形成自己独有的方式和自足的系统。现在,平民文学写作者、民间网络经营者与大众文学爱好者,经由网络的平台联络起来,并以出价与收费、更新与跟帖、点击与网评等特殊方式,共同构成网络文学生产与传播的自我循环与特有秩序。从目前看,因为网络写手与网络作品的呈几何级的增长,很难总体上对其质量作出准确的判断,但可以说在芜杂性与复杂性中,充满了多样性与可能性,而它的秩序与结构也在不断地整合中,逐步趋于合理,日益走向完善,则是显而易见的和可以确定的。

  网络文学作为一个新的文学板块,新的文学主体,它与传统型文学(或严肃文学)是怎样的关系?又带来怎样的问题与契机?我的看法是在文学基本观念的层面上,网络文学大致上是秉持自我实现的理念,偏于大众参与的倾向,与比较严肃和相对精英化的传统型文学唱平民化的对台戏。但两者之间又相辅相成,相互补充。传统型文学是如何的具有精英化的特性,我们是在与网络文学的比较中进而看到的;传统型文学在写作、传播、教育等方面是如何的相对滞后,我们也是在与网络文学的博弈中进而感受到的。网络文学的兴起,像一面反射镜,不断照射出传统型文学的问题与局限来,让人们惊醒、警策,这实际上既是自身生存的一种冲击与压力,也是自身发展的一种比照与动力。同样,因为有传统型文学这样老成的文学板块存在,网络文学有了观照自身的一面镜子,并在这种比照与对话之中，找到自己的问题与不足。比如，当下网络文学的类型化还处于过渡状态，分类过于琐细，一些看似不同的类别其实区别不大，作品内容构成的正面意义与表现形式上的艺术品位都亟须加强，在类型化的发展上还有很多提升空间。此外，一些作者与读者过于密切的关系形同相互绑架，立足于娱乐、寄寓于宣泄的写作与阅读互动，还显得比较单调和低级；一些文学网站的运营在主要依赖商业手段的同时，还缺少别的有效方式，提供的作品在品位上还欠丰富，等等。而相对成熟的传统型文学从理念到方式，都有值得新兴的网络文学借鉴与借力的东西。总之，在我看来，当下的网络文学与传统型文学之间，是并存与并立、互动与互竞的关系。

因为信息科技的继续进步，资本运营的不断介入，尤其是背后隐含的观念与理念的原因，网络文学将会长期存在，长足发展，并对中国当代文学产生巨大而深刻的促动与影响，这种影响甚至是革命性的。可以肯定地说，以网络文学为主的新媒体文学，将会是今后文学的最为主要的一个增长点。

最能说明问题的是数字显示的事实。据《第 24 次中国互联网络发展状况统计报告》（2009 年 7 月）称，在中国现有的 13.2 亿人口中，网民已达 3.38 亿，其中，使用手机上网的网民已达到 1.55 亿，约占网民总数的一半。"第七次全国国民阅读调查"结果表明：18 周岁以上成年国民数字出版阅读率为 24.6%。网络在线阅读和手机阅读是两大主要数字化阅读方式，分别有 16.7% 的国民通过网络在线阅读，14.9% 的国民接触过手机阅读，另有 1.3% 的国民使用其他手持阅读器进行数字化阅读，比 2008 年增长 30%。据新闻出版总署公布的一组数据显示，在 2009 年，出版业总产值突破 1 万亿元，增长 20%。其中图书销售增长 20%，而数字出版产业总产值超

750亿元,同比增长42%,其发展速度远远超过了传统出版业。一份《2009金融危机背景下的数字出版产业预测与市场研究报告》也预测:五年后数字出版产业的发展前景广阔:超过30%的手机用户通过手机阅读电子书和数字报,全国70%的出版社将实现跨媒体同步出版,全国80%的出版社将通过POD系统为读者提供图书的按需印刷服务,全国90%的报社将推出数字报,中国正版电子书总量将突破100万册,机构用户采购电子书、数字报的销售规模将达到10亿元,由网民和手机用户带来的电子书、数字报销售及广告收入将达到50亿元。

  这一切都告诉人们,由于网民基数的不断增长,信息技术发展的细化与深化,网络文化的生存空间不可限量,它的发展还方兴未艾。而且,这种影响从写作到阅读,从发布到传播,从文学到文化,从产业到经济,从人际交往到日常生活,都将是全方位的、深层次的。因而,我以为,对于网络文学、网络文化,我们不能仅仅只在写作与传播形式的层面上去看待。从这样一个层面去认知网络文学与网络文化,显然已是远远不够。事实上,网络文学与网络文化在努力形成自己的语言与语系、自己的文脉与文法的迹象,已在不断地显露。这一切,也会进而加速时代走向信息化,生活实现网络化。有鉴于此,我觉得我们可能需要上升到一定的高度来认识它,即在一个新的文明形态的意义上来打量它、看待它。也就是说,我们在古老的文字文明、印刷文明之外,新添加一个与这种旧有的文明完全不同的新的文明形态,那就是数字文明、电子文明,由此步入一个这样两个文明相互呼应、彼此互动的崭新时代。这样去看问题,可能会更具有战略性,可能才会把握问题的实质所在。

网络文学的新动向与新问题

一、总体的态势

近年来,网络文学在载体信息化、传播多样化、写作平民化、阅读浅俗化等多重因素的合力推动之下,一直呈现出一种作者不断扩充、领域不断扩张、影响不断扩大的基本态势。

有关统计数据显示,截至 2012 年底,以不同形式在网络上发表作品的人数就有 2000 多万,注册写手计有 200 多万。其中通过网络获取经济收入的已达 10 万人,职业与半职业的写作者超过 3 万人。而截至 2013 年 6 月底,我国与网络文学相关的网民数为 2.48 亿,远高于网络音乐、网络视频、网络游戏等的应用。与此同时,网络文学已走出写作与传播的平台和媒介的单一模式,正在走向"全版权营销",即优秀的网络文学作品不仅可以在线阅读和无线阅读,还可以出版实体的纸质图书,改编成电影、电视剧,或网络游戏、动漫作品等,开发出相关的衍生产品。有人认为,现在的网络文学,"已由原生时代进入资本时代"。这样的一个说法,已是不争的事实。

以上数据清楚地表明,在当下的中国文坛,立足于新技术平台的网络文学,已以持续而海量的生产与传播,成为一个不可忽视的文学存在。而且由它的从业人数、行业规模和社会影响来看，都呈一种几何级数的迅猛发展趋势。网络文学的这种强劲崛起，从文学、文化的生态上说，消弭了文学雅俗分化的原有界限，扩大了文学的社会影响，带动了文学的产业发展，在拓展文学领地、重构文学格局上，有其一定的积极作用与重要意义。但毋庸讳言的是，它同时又带来不少新的问题，提出了许多新的挑战。

比如，网络文学强化了文学中的通俗乃至低俗倾向，使文学在分化与泛化中，数量激增而质量下滑。网络文学从创作、传播到阅读，都为追求利润的最大化，使得对经济效益的追逐更甚于社会效益。还有，网络文学发展的迅疾与庞杂，超出了人们已有的文学经验，在管理与评价等方面，还缺少相应有效的应对措施，使得网络文学的生产与传播，基本上是在一种无监管、无批评、无制衡的自然状态中自我运行。这些情形从整体和长远来看，都存在着诸多问题，包含着种种隐忧。

二、动向与问题

2012年至2013年间，网络文学依然在原有的基础上，以每年20%的增量大幅向前发展。这种前行与发展，尤以两个方面的动向最有影响，也值得关注。

一是文学网站与网络公司围绕着市场走向的并购与重组。2013年以来，先是脱离"盛大文学"的原"起点中文网"核心团队，与"腾讯"合作另组"创世中文网"。不久，"腾讯文学"高调亮相，宣告网络文学成为腾讯核心业务之一。此后，具有行业优势的门户网站，如"新浪""腾讯"等，将其读书板块独立出来，成立了新浪阅读公司、腾讯读书频道。百度网和凤凰网也先后创建了自己的文学网站和文学频道,百度在建立"百度多酷"之后,还计划并购纵横中文网,大举进军原创网络文学领域。这些动向隐含的信息是,文学网站集团化、产业化的模式进一步凸显和强化,过去以内容为主的网络传媒的读书与文化频道,将以实体公司的形式彻底转型,由传播性和媒体化,变为经营性和市场化。

二是网络文学成为网络经济新支点,网络作家日益成为吸金大户。网络作家通过阅读点击和纸质版税,由不赚钱到开始赚钱,是近年来逐步出现的现象。2013年,这个现象更为凸显,尤其是那些在不同类型写作中作品较好、读者众多、影响甚大的"大神级"作家。12月初,《华西都市报》发布了2013年"第八届中国作家富豪榜"。其中的网络作家子榜单,唐家三少、天蚕土豆、血红分别以2650万元、2000万元、1450万元的版税收入排名前三。而作家富豪榜的主榜单,莫言虽有获诺贝尔文学奖的强力支撑,但仍以2400万元的版税收入排名第二,排名第一的是年度版税收入2550万元的网络作家江南。

以上两大动向,单从网络的产业发展来看,也许很令人鼓舞,但从文学事业的角度来看,都内含了一些令人忧虑的倾向,隐含了一些值得警惕的问题。其中最值得注意的,当是两个带有根本性的问题。

一个问题是,在网络文学领域里,作品要适应大众读者的口味,作者要投多数读者的所好,并在写作过程中,与读者密切互动,不断共鸣,这是网络文学写作与阅读所通行的基本规则。但就网络文学的读者观而言,"读者是上帝"的潜规则是需要反思的。网络文学的读者是形形色色的,有不同代际的,不同文化层次的。因而读者是分为各种品位、各种趣味的,如若以满足最大众的为旨归,可能会不断走向低俗,甚至越低俗、越色情,可能越受欢迎,越流行。所以对读者一定要在适应中进行引导,在普及中着力于提高,不要盲目地去迎合,一味地去迁就。在文学与阅读的关系上,网络文学也不能完全从文学消费、文学市场的角度去考量,还要从文学启蒙、文学传承的角度,从文化积累、文化建设的角度,去掂量自己写作的意义与影响,尽可能地为读者提供正面的能量和积极的影响。

另一个问题是,网络文学在关注读者反应、满足读者需求的背后,其实真正关心的是市场,最终在意的是利益。无论是网络作者的唯大众读者是从,还是文学网站的唯阅读市场是从,他们所极力寻求的,都是经济效益与具体收益的最大化,这实际上使得网络文学这个文学的场域,其文学的因子与要素越来稀薄,越来越淡化,而经济的因素则越来越突出,越来越强化。在这里,文人变身为商人,文场变成了商场。"资本"成为网络文学生产与消费的主导力量。这从整体和长远来看,不仅对网络文学发展不利,还会波及传统文学领域,造成多方面的负面影响。因为它只使网络写作变成了不同环节的人们赚钱的方式,网络作家则成为网络文学利益链上的赚钱工具,而忽略了网络文学作为文学本应具有的审美作用与社会功用。

三、有关对策建言

网络文学的发展及其出现的问题,既是超出人们已有的文学经验的,也是超出文学范畴的综合性的,因此,有关问题的解决,需要多方面的措施,也需要相当的时间。

1.建立全国性的文学网站联盟,以此作为行业性、民间性的文学社团组织,由中央和地方的网络信息管理部门负责联络;责成该联盟在正确的政治导向与思想指导之下,建立行业规范,形成规章制度,在繁荣与发展社会主义文学文化事业的总前提下,开展网络文学的创作与生产、运作与经营,并在文学网站之间经常研究新的问题,交流新的经验,共同提高管理水平,实现行业自律。

2. 组建网络作家联谊组织。据知,中国作家协会正在牵头筹建中国网络作家协会。这个由网络作家组成的新型文学组织,应尽早建立,并在建立之后,逐步形成以有影响的网络作家和研究网络文学的专家学者为核心的组织机构,在网络文学领域内,联谊各类作家,交流文学经验,培养文学新人。开展文学批评,促进作家创作水平的提高和整个领域的行业自律;同时,要有计划、有组织地与体制内及传统型的文学创作和文学批评互动,相互借鉴,取长补短,共同进步。

3. 培训网络文学编辑,提高编辑个人素质。网络文学与传统文学的最大区别,是门槛较低,即没有传统文学杂志相对严格的"三审制",只有相关文字编辑的个人把关。因此,文学网站的编辑的个人素质,在网络作家的准入与网络作品的质量上,起着至关重要的作用。目前的网络文学编辑,多是文学网站自由招聘,本身没有从业的标准要求。因此,文学编辑素质较低,出入自由,流动性大。这是普遍性的问题。建议由有关方面制定一个网络文学编辑从业的基本标准,达到标准方可持证上岗。同时,上岗的编辑必须经过文学编辑专业的培训,要利用中国作协和地方作协的文学院体系,分期分批培训现有的网络文学编辑,并在测试合格之后,颁以网络文学编辑从业证。通过这种方式,提高网络文学编辑的文学素养、文化素质与编辑技能。

4. 以切合网络文学的方式,开展网络文学作品的评选与评奖工作,促使网络文学在有序的竞争中优胜劣汰,良性发展。网络文学既作品数量众多,又分布于不同的类型,总体上丰繁而庞杂,什么作品是好的,什么作品是不好的,单靠读者的个人阅读去自我判断,是无法起到淘选的作用的。要根据网络文学的特点,举办年度网络小说优秀作品评选,不同类型的优秀作品年度评选。有条件之后,要设立专门表彰网络文学作品的文学奖项。通过这样的评选与评奖,让好的和比较好的网络文学作品彰显出来,积累下来,并对网络文学的写作与阅读起到一定的引领作用。

5. 探讨和构建网络文学评价体系,培养和建立网络文学批评队伍。网络文学本质上更靠近通俗文学,我们既有的偏于严肃的传统文学,不仅与此很不对位,而且批评尺度也难以照搬。要根据网络文学已经形成的情感的宣泄性与叙事的故事性的特点,兼及传统文学所秉持的注重思想性、文学性的要素,建立面向网络文学的评价标准。与此同时,要从年轻的文学批评爱好者中,发现和培养有志于从事网络文学批评的新型人才,并利用现有的高校的文学专业教育,作协的文学培训机制,对青年批评工作者进行有计划、有系统的培训,逐步建立起能够跟踪网络文学现状、品评其中代表性作品的评论家队伍,以便与数量庞大的创作队伍相适应,促使网络文学更为协调也更加健康地发展。

网络文学需要强化文学元素

十多年来，经过在网络平台上的摸索与自身的不断整合，网络文学得到了前所未有的巨大发展，它自身在不断繁衍变化的同时，也带动了文坛基本面貌的不断变易。去年的一个行业报告的数据统计显示，现在在网络上发表过作品的人数有2000多万，注册写手有200万，在网上赚到稿费的有10万之多。经常在网上写作，属于职业或半职业写手的有3万多人。单从作者与作品的数量来看，网络文学的基数就非常之大。问题是网络文学在海量增长的同时，还不断释放出巨大的能量，并使整体的文坛更显复杂与缭乱。

以上情形已清楚地告诉我们，在当下的中国文坛，立足于新技术平台的网络文学，已以持续而海量的生产与传播，成为一个不可忽视的文学存在。而且由它的从业人数、行业规模和社会影响来看，都呈一种几何级数的迅猛发展趋势。网络文学的这种强劲崛起，从文学、文化的生态上说，消弭了文学雅俗分化的原有界限，扩大了文学的社会影响，带动了文学的产业发展，在拓展文学领地、重构文学格局上，有其一定的积极作用与重要意义。但毋庸讳言的是，它同时又带来不少新的问题，提出许多新的挑战。

比如，网络文学强化了文学中的通俗乃至低俗倾向，使文学在分化与泛化中，数量激增而质量下滑；网络文学从创作、传播到阅读，都更为追求利润的最大化，使得对经济效益的追逐更甚于社会效益。还有，网络文学发展的迅疾与庞杂，超出了人们已有的文学经验，在管理与评价等方面，还缺少相应有效的应对措施，使得网络文学的生产与传播，基本上是在一种无监管、无批评、无制衡的自然状态中自我运行。这些情形从整体和长远来看，都是存在着诸多问题，包含着种种隐忧的。

网络文学在2013年，有两个动向值得探究。一个动向是网络文学网站和网络文学公司的并购和重组。如"盛大"旗下的"起点中文网"的一些人退出来之后，另组了一个"创世中文网"，与腾讯展开战略合作，腾讯网站也组建了自己的文学公司。新浪的读书频道也从网站分离出来，成立了一个独立的网络文学公司。还有凤凰网等其他一些网站，也都把过去的读书频道、文化频道纷纷独立出来，建立了公司。这些动作背后的含义是什么呢？那就是告诉人们，这些文学网站和读书、文化频道，如果过去的属性主要是一个平台、一个传媒，现在已变身为一个公司、一个企业，也就是说它们基本上从媒体人的角色变身为商业人的角色，从传媒性变成了经营性。另一个动向是2013年年底揭晓的网络作家排行榜与富豪作家排行榜。这两个作家排行榜呈现出一个突出现象，就是收益最高的、赚钱最多的，是那些"大神级"的网络作家。在所谓的传统文学作家富豪榜里，排名第一的是江南，他以2550万元的版税收入超过了2012年刚获诺贝尔文学奖的莫言。而在网络作家排行榜里，排前三的都是版税收入在3000万元左右的唐家三少等"大神级"写手。这些现象共同说明了一个问题，那就是网络作家是现在文学写作中收益最高的。这又进而说明网络文学已经变为一个产业化的链条,它已经大踏步地走出了过去那种自然的、原生的状态。

但问题也由此而产生,那就是从网络文学创作与生产的组织与管理来看,网络的文学网站和读书频道开始由媒体化向经营化转型,靠近着商业去发展产业,立足于经济去操控文化,这也预示着以内容为主、以宣传为重的做法,将会改为以盈利为主、以销售为重。而从写作到阅读,从开发到传播,网络文学逐步建立起工业化运作、产业化体系的基本链条,使得网络文学的整体都在向商业化大幅倾斜。网络文学虽然由此找到了生存与发展的基本方式,但显而易见,这里存在着明显的倚重商业、强化产业的倾向。

从目前的发展趋势看,资本似乎成为支撑和推动网络文学发展的主要杠杆和重要力量。作为文学之一种来看,网络文学应有的另外一些元素和力量好像在淡化,在隐退,在萎缩,比如说文学的质地、美学的素养、文化的意味、精神的含量。问题还在于,目前有关网络文学的作家,主要由网站、公司凭靠经济手段联络和维系。网络文学作品,主要凭靠网站编辑的个人判断权衡和取舍,而关于网络文学研究的严重滞后,关于网络作品的批评的明显缺席,势必造成一些倾向性的问题,没有得到应有的关注,一些消极性的作品,没有得到适当的批评。这种研究薄弱又批评缺席的情形,无论是对于网络文学的生产,还是对于网络文学的阅读,都因没有另外的声音,缺少应有的制衡,会使商业的或者经济的元素与力量一头独大,这从整体上讲对网络文学的发展是极为不利的。所以,怎样结合网络文学的实际,培育网络文学作家,培训网络文学编辑,加强网络文学的评论,包括建立网络文学的评论队伍,构建评论标准与形成评论机制,让传统文学的经验、经典文学的营养、文艺美学的力量不断影响和渗入进来,提升网络作家的艺术素养,保持网络写作的文学品质,制衡资本因素的无限扩大,都是十分必要和极其迫切的。只有把这些工作跟上来和做到位之后,网络文学才能更加健康地成长,并在促动整体文学的协调发展上发挥其积极作用。

就网络文学答《中华读书报》问

一、2015年网络文学有何新的现象和特点?

2015年有关网络文学的举措与动向,以大动作迭出,大事件频仍,使之成为当下文学在形态上最为活跃的板块、在生态上最具活力的空间。这主要表现在三个方面。

一是主流文坛越来越重视网络文学,在2015年更是表现出前所未有的力度。首先是高层的管理部门与主流的文学体制,不仅把网络文学纳入了自己的视野,而且建立起相应的网络文学机构,用以专门联系、调研和引导网络文学。如中共中央宣传部在文艺局的架构内,新设了网络文学处。中国作协在八届八次主席团扩大会议上,决定成立中国作协网络文学委员会,以加强对网络文学的研究,更好地团结联系广大网络作家,促进网络文学健康发展。

二是在传统文学与网络文学相互交流、密切互动方面,呈现出良好态势。如10月22日全国网络文学第六十九次重点园地工作联席会议上,20余家重要文学网站的相关负责人与会,与中国作协的相关负责人交流对话,并就进一步繁荣发展网络文学事业,实现社会效益和经济效益相统一,达成了较多的共识。还如这一年中,由传统文学机构和主流媒体主导的网络文学作品的评选与排行,也数量见多,质量见好。浙江省作家协会、中国作协《文艺报》社、杭州市委宣传部、杭州师范大学共同创办了首届"西湖·类型文学双年奖",在 2013 年和 2015 年已评选两届。2015 年,"中国作家网"承办的 2015 年中国网络小说排行榜,采用网上投票、行家预审、专家终审等方式,分季度评选出最终结果,在业内产生了良好的影响。而在揭晓排行榜的同时,评委们还会给出评审意见来,这显然有助于网络文学在借鉴传统文学经验的基础上获得自身的发展。

三是网络文学与影视改编的联姻更为密切。因为网络文学更接地气,也更注重讲述故事,很适合于影视改编,因此,越来越多的导演和制片人将目光锁定在网络小说上。现在许多传播于网络的类型小说,通常先改编成影视作品,经由高水平的技术制作与艺术演绎赚取较高的收视率之后,再予出版纸质作品,进而占领出版市场,赢得更多读者。前几年的《后宫·甄嬛传》《步步惊心》,近期的《琅琊榜》《花千骨》《芈月传》等,都是极为典型的成功例证。这种运作方式的迭获成功,已使网络小说作者把改编影视作品看成最为重要的传播方式,而网络小说也由此成为影视作品改编的主要来源。

二、这些现象和特点对网络文学发展有何意义?

文学管理部门和主流文坛建立与网络文学有关的机构与部门,体现了文学管理部门对网络文学的关注与重视,而网络文学也由此与主流体制建立了常态的联系。从某种意义上说,这使网络文学在与体制接轨的同时,也给传统文学与网络文学相互走近和加强交流提供了更多机遇与更大可能。

而由主流文学媒体、传统型批评家为主的网络文学评选介入网络文学排行，势必带入传统的文学观念与审美趣味，这有可能促使网络文学更快和更好地走向精品化，乃至经典化，有助于网络文学在借鉴传统文学经验的基础上获得自身的发展。

网络文学作品与影视改编的密切互动，既会在网络产生的前期预热中保证影视作品的高收视率，又会凭借影视作品的热播带动原网络小说的第二次销售热潮。这既是网络小说支撑影视改编，又是影视改编成全网络文学，实际上是相互惠及、彼此共赢的。

三、网文的发展中有无值得注意的问题？

问题也在于三个方面：

一是网络文学对娱乐化的追求，远远胜过对审美性的追求。因为追求作品的可读性，读者群的最大化，更适合于大众读者口味的"小白文"应运而生。这种内容简单，文笔通俗，只求以平实的文字讲述引人的故事的文体，本质上是在适应最为普通的读者，取悦最为大量的受众。网络小说对娱乐性的偏重，使它有了自立的基点与发展的空间，某种意义上也使它流于浅俗化，减敛了文学性。

二是网络文学在文学传播上更看重读者，甚至推崇读者至上。其实，网络文学"读者是上帝"的规则是大可反思的。在文学与阅读的关系上，不能完全从文学消费、文学市场的角度去考量，要从文学启蒙、文学传承的角度，从文化积累、文化建设的角度，去掂量自己写作的意义与影响。

三是网络文学从写作到传播，从生产到经营，都更为重视经济上的效益与直接性的收益。2013年间，除过去的用户付费阅读、广告、粉丝经济之外,网络文学把"道具打赏"作为一种新方式,以对"粉丝经济"的深度开发,来寻求网络文学新的盈利点。从目前的发展趋势来看,利益与资本似乎成为支撑和推动网络文学发展的主要杠杆和重要力量,网络写作变成了不同环节人们赚钱的方式,网络作家则成为网络文学利益链上的赚钱工具,而忽略了文学本应具有的审美作用与社会功用。这从长远来看,无论对网络文学自身,还是对当代文学整体,都是极为不利的。

就网络文学答《中国科学报》问

1.您平时看穿越小说吗？回到历史的某一个场景，按照自己的意图来重写历史，读者把这类小说称为YY（意淫）小说，有的剧情比较狗血，有的则比较遵循历史的轨迹。像女性比较喜欢的《步步惊心》，还有男读者喜欢的《篡清》，以及这两天被热议的《一个人的甲午》，您如何看待这类小说？

穿越小说是网络类型小说的一种，这类小说数量很多，单本书的字数也很多，我平时基本不看，需要开会研讨此类作品时，才会偶尔看看。这类作品"穿越"时空，"架空"历史，主要表现作者自我臆想中的历史，在超强的艺术想象的背后，或者表达一种历史补偿意识，或者宣泄一些特殊的情感幻想，本质上是把游戏的因素引入小说，使小说具有呈现作者主体意志与主观情绪的超现实性。这类作品在青少年读者中很受欢迎，影响甚大，应该与游戏性的文学欣赏观念在青少年读者中较为流行密切相关。

2.这次引发热议的《光绪演讲》，就是截取了《一个人的甲午》中的三段做成的一篇文章，不知您看了没有？如果从文学的角度看，您如何评价这篇文章？

《一个人的甲午》我没有看过，但被于丹借用而引起关注的《光绪演讲》,在网上看到过,不少文化名人的博客都转载过,我大概是在黄健翔的博客里看到的。那篇《光绪演讲》,如果是出自这部作品,那应该是忠实于历史的艺术加工,因为那段话,看起来确实符合光绪当时的心态与想法。至于于丹当成史料来引述,也不过是未予核实,一个疏忽而已,不值得就此大做文章。

3.这类小说传播者众多,像以前也有各种戏说历史、历史演义的文学作品以及影视作品,很多人会因此被混淆视听,您如何看待这种现象?

穿越小说,属于网络小说的一个类型,与"戏说"历史的小说和影视作品有相似性,但又不同。穿越小说,本质上就是在虚写历史,历史在这里是完全虚构出来的。而"戏说"类作品,可能在大的背景和主要人物上,还是有一个史实的依据,但在具体表现上,却"戏说"了。

现在从网络写作、纸质出版到影视领域,"穿越""戏说"等写作倾向的不断涌动,实际上构成了一种"历史虚无主义"的思潮。这种思潮,否定历史的规律性,承认支流而否认主流,肯定偶然而否定必然,这显然是以唯心主义为思想基础的。

对于这些创作现象和文学思潮,我想至少需要做到两个方面的工作。一个是需要运用文学理论批评的方式,就一些有代表性的作者和作品,进行实事求是的评论与批评,指出其偏失所在、问题所在,以引导阅读和影响写作。另一个是需要读者增强辨识能力,提高审美能力,对于这些复杂的文学现象,有自己的甄别与判断,从而做到不盲从,不跟风。这样两个方面,都需要,也都重要。

4.最近科幻小说《三体》获雨果奖,是否可以说类型文学也走向精品化了?此前麦家的谍战悬疑小说受到国内外的好评,好的类型小说也会有纯文学的品质。类型文学与纯文学有何异同？二者关系如何？

刘慈欣的科幻小说《三体》，是中国科幻小说近年少有的优秀之作，今年荣获雨果奖，既在意料之外，又在情理之中，可以说是开了中国科幻小说走向世界的先河。但不好说这就是类型文学走向精品化的标志。科幻小说属于类型文学，但在类型文学里比较特殊，它要求科学性与文学性的完美结合，作者必须在科学知识的占有与小说技艺的把握上，既要有较高的造诣，又要有出色的发挥。所以，它在综合性要求上，要高于别的类型小说。而麦家的谍战悬疑小说，也不同于一般的悬疑小说，它更多地具有纯文学的元素，是严肃文学与通俗文学的内在结合。像麦家的小说，刘慈欣的小说，都是通俗文学的外衣包裹了纯文学的内核，所以既具有相当的可读性，又具有一定的经典性。但这样的作品，在整个类型小说中，还属凤毛麟角，整体的类型小说还是以讲娱人的故事为主，从意思、意义到语言、叙述，游戏性成分较多，文学性都不是很足，因而很难经得起认真阅读。类型文学与纯文学的关系，在总的方面来看，基本上还是分野的，在不同的道路上各行其道；但在个别优秀作家那里，确实出现了一些相互糅合的努力，因而在类型文学领域里脱颖而出，但这样的作家和作品为数并不很多。

5.你对以类型文学为主的网络文学发展现状有何看法？还存在什么问题？如何解决？

类型文学这几年借助网络传媒发展得很快，因为门槛相对较低，较易写作和较好阅读，作者和读者都越来越多，这实际上在文学总体结构上，形成并完善了通俗文学板块，与严肃文学（或纯文学）在文学的功用与受众上，形成了各自的分工与分野。从文学的社会性、辐射性上说，它执行了严肃文学难以达到的功能。因此，它还会在"大众化"与"通俗性"的道路上不断走下去。

就其存在的问题看，创作方面主要是借鉴经典文学的养分普遍不够，与严肃文学的互动也严重不足。还有就是类型小说在网络领域最为流行的一些类型，如玄幻、穿越、灵异、言情等，在传播过程中过于注重对一些读者的迎合，使得其故事与内容等显得偏于低俗，乃至媚俗。再有，就是网络上生产与传播的一些类型小说，在工业化的生产方式、链条化的利益关系中，背后实际上是经济手段与资本运作在起着主导作用。

这些问题分属不同方面，创作的问题，需要通过评论的方式深入探讨和产生影响，而生产与传播中的问题，则需要利用管理的改善、政策的调节和行业的自律等多种方式来逐步解决。在这一方面，我们没有现成的经验，需要在实践中去探讨、摸索和总结。

6. 类型文学发展前景如何？

我总体上看好类型文学的发展，因为类型文学在中国当代形成的时间还不长，尚处于方兴未艾阶段，在其发展演进的过程中，作者会逐步成熟，读者也会不断进步，这也会使类型文学像"水涨船高"一样，不断得到新的提升。现在由麦家、刘慈欣、流潋紫等人糅合经典文学元素实现的优质创作和特色作品来看，在类型小说领域里，不仅可能涌现出优秀作者和优秀作品来，而且在他们的带动与影响下，优秀的作者和作品会越来越多，这是毋庸置疑的，这是类型文学可以预见到的前景。

新关系与新观念

——网络对于当代文学的影响简论

一、新的崛起

作为一种新兴传媒的网络,在初步形成还尚待发展的1998年,便以来自台湾的蔡智恒(笔名"痞子蔡")的连载小说《第一次的亲密接触》,推出了属于网络自己的小说作品。自此开始,网络小说这个概念连同它的文本样品,开始频繁地出现于公众的视野,网络文学由此正式拉开了它辉煌发展的帷幕。

网络介入文学之后,一直就呈现出在写作与传播两个方面齐头并进的态势。1997—1998年间,中国大陆的第一个文学网站"榕树下"在上海建立。随着这个网站登台亮相的,还有早期的网络作家李寻欢、邢育森、宁财神、安妮宝贝等。之后的1999年,国内首家现代诗歌网站"界限"正式推出。此后,各种各样的文学网站,包括小说网站、诗歌网站、论坛、博客等,如雨后春笋般创建起来。网络传媒以自己的方式,开始了网络文学的全新又艰难的创业阶段。

进入新世纪之后的2003年,起点中文网首先推出面向网络读者的VIP计划,尝试以付费阅读方式建立商业模式,并吸引有实力的作者，影响更大量的读者。这种文学与商业密切勾连的方式，既吸引了大批有志于网络小说写作的写手加入进来，又使文学网站由一味地烧钱与赔钱，变为自负盈亏与开始盈利，从而得以更好地生存与发展。这种全新的"生产——消费"商业链条的建立与健全，极大地刺激了网络文学的高速发展，催生了一大批数十万乃至百万年薪作家。而网络小说过去依附于纸质出版的状况，也由此发生了逆转。许多网络小说因被改编为影视作品后收视率较高，成为影视改编的主要来源；许多网络小说因为"线上"的追捧火爆异常，也成为纸质出版竞相争取的热门对象。

网络文学这种蓄势待发的状况，持续了一段时间之后，在2008年又以盛大文学有限公司的宣告成立，开启了全版权运营和多媒体运作的新阶段。"盛大文学"以起点中文网为支点，整合了红袖添香网、晋江原创网等知名文学网站和优质网络资源，实行在写作、传播、改编、出版等方面的多种经营，开辟了在网络文学上实现"链条化"的全版权经营，促动网络文学进入了一个全面崛起与全新发展的新阶段。除了全版权运营，网络文学近年呈现出的另一个重要特征，是移动互联网以及新媒体带来的变化。截至2013年底，手机端网络文学应用软件的使用率已达到46.5%。全新的媒介和技术的不断开发，给网络文学带来新的变更。与此同时，微博和微信等新媒体的广泛运用，则在类型化的网络小说以外，开辟了全然不同的文学样式。网络文学，由原来的静态样式，变成了动态的存在。而网络文学所创造的经济效益，也是急速攀升，逐年翻番。据《文学蓝皮书：中国文情报告（2013~2014）》提供的数据，在2010年移动互联网阅读平台建立之后，"网络文学的直接收入几乎每年翻一番，从不足 10 个亿快速跃升至 60 个亿"[1]。

从 1998 年到 2014 年，网络文学走过了 16 年的发展历程。16 年来的网络文学，不仅书写了自己的发展历史，而且改写了整体文学的发展面貌。这一切，不仅超出了人们已有的经验，而且超出了人们原有的预料。正是由于这种在自立中繁衍、在繁衍中拓新的强劲发展，网络这个新异又博大的平台，不仅成了催生网络小说与文学的孵化器，而且成了撬动整个文坛与文学的大杠杆。

网络带给文学的，看起来只是依赖于网络平台的网络小说、博客写作，以及那些以网络文学为主业的众多的文学网站。实际上，网络带给文学的，还有新型的文学关系，新颖的文学观念，而它们在给整体文学添加新元素、增加新活力的同时，也带来了新的冲击，构成了新的挑战。如果我们对此做一简要的梳理，就不难看出，网络带给文学的，几乎是一场掀天揭地的巨大变革，或者说是带有革命性因素的深层剧变。

二、新的关系

文学是生活的随行物，是社会的感应器。因而，随着生活的演变、社会的嬗变，尤其是文化环境的深层异变，文学自新时期以来，就在其不同的阶段，与政治、经济等相互结缘，呈现出不同的发展趋向与时代特点。总体来看，网络介入文学之前，搅动并影响文学的，主要是政治与经济两大浪潮。文学与政治、文学与经济，先后是 20

---

[1] 白烨：《文学蓝皮书：中国文情报告（2013~2014）》，社会科学文献出版社 2014 年版，第 152 页。

世纪八九十年代主导文学的两个基本关系。

在网络介入文学之后，文学与政治、文学与经济，这两大基本关系依然存在，但毋庸置疑的是，主导网络文学和影响整体文学的主要关系与基本力量，是网络科技、网络传媒、网络生产。由此，也带来了一系列新的元素，产生了一系列新的关系。择其要而言之，可以说，在这些新型关系中，影响最大的，是文学与网媒、文学与产业。这两大新型关系，构成了主导网络文学和影响整体文学的基本力量与主要动能。

文学与网络传媒的关系，本质上是文学与新型传媒及其传播方式的关系。网络传播的自发性、即时性、广泛性、全天候性等，全然不同于传统型的文学依靠文学期刊和图书出版的旧式定向传播。传统文学的那种传播的滞后性、读者的圈子性、范围的单一性、作者与读者的隔离性等，在网络文学这里被统统打破，从而使网络文学的传播成为与写作同步、与读者互动的传真过程和共享过程，写作 — 传播 — 阅读，既三者同步，又三位一体。

就网络文学而言，作者与读者的一同在场，写作与阅读的密切互动，已成为其基本的活动形态与生存方式。作品受到欢迎的程度，作者影响的大小，也是经由这种马拉松式的写作与阅读的互动，逐步见出端倪，分出高下。在这里，读者不仅是接受者，而且是参与者，甚至是评判者。正是这种密切互动与深层介入，网络文学作者与读者在携手并进中彼此敬重，共同成长，其关系也逐步发展为"偶像"与"粉丝"关系，其中"粉丝"众多的"偶像"作者，便成为各个类型写作里的"大神"。而那些非"大神"级的作者，也在这一过程中，发展着自己的"粉丝"，构建着自己的人脉，实现着自己或大或小的文学理想。

网络文学经由网媒放大传播、招徕读者的全新方式,是依托着网络传媒在科技上的创新和生活中的辐射。这给文化市场、文学生活拓辟出一个全新的空间,那就是"网上"的写作与"线上"的传播,日益成为更大众与更时尚的新兴传播,这使传统型的"网下"写作与"线下"传播,日益相形见绌。因此,着眼于"网上"与介入于"线上",不仅成为文学与文化生产单位必欲达到的目标,也成为许多传统型文学写作者所开始看重的方面。由此,传统型文学在写作与传播等方面,在利用网络传媒的同时,也使新兴的文学与网络传媒的关系,成为自己立足与发展的必要选项与动力之一。

文学与产业的关系,是文学与经济的关系进一步演化的结果,这是网络带给文学的另一个重要的新型关系。与传统型文学在20世纪90年代面临经济大潮的迅猛冲击不同,网络与商业的关系一直难解难分,而以网络为平台的网络文学,正是凭借着网络科技和资本投入这两个轮子,迅猛而强势地发展起来的。

网络小说的兴盛,文学网站的盈利,都得益于2003年间开始实行的网上阅读付费制度。虽然每千字2—3分钱的费用并不起眼,但来自海量读者的阅读付费,却使网络小说作者获得了较为丰厚的稿酬收入,也使文学网站借由比例分成积累了不菲的资本。尝到甜头的网络文学运营者,由此看到了文学与商业联姻之后的光明前景。在2008年之后,秉持在并购整合中做强做大的理念,先是盛大游戏公司主持成立了盛大文学有限公司,打造了网络文学领域的"航空母舰",后又有腾讯、百度等互联网巨头纷纷介入,相继成立各自旗下的创世中文网、多酷文学网、91熊猫看书等,将散兵游勇式的文学网站,整合为几个大的网络文学运营集团。与此同时,借助资源与平台的优势,他们纷纷开展全版权的网络文学运营,使网络文学形成了包括纸质版权、电子版权、无线版权、影视与游戏改编权的全程化产业链与链条化生产线。网络文学与商业、产业,由相互发现到相互借力,实现了水乳交融的内在联姻。

网络文学与文化产业的新型关系,对于传统文学的最大影响,一是促进了传统的文学期刊向数字化的方向拓展,二是推动了传统的文学出版走向产业化。过去的文学期刊,除以纸质的形式订阅与零售外,很少有别样的呈现形态。而现在的文学期刊,不仅纷纷开办电子版,有的还以微博和微信公众号的方式,面向更多的网络文学受众。而以纸质图书为主的传统的文学出版,也逐步加大电子图书的出版品种与数量,使得数字化出版成为与纸质图书并重的另一种方式,实现了"线下"发表与出版和"线上"发表与出版的良性互动及协调发展,在出版的产业发展上,攀上了新的台阶,赢得了新的空间。

三、新的观念

网络带给文学的,既有新的形态,又有新的关系,而在这背后,还有新的文学看法与文学观念。这种在网络文学活动中已习以为常并奉为圭臬的东西,是更深层次的,也是更为重要的。

经过多年的实验与实践,网络文学生产的一些基本方式与模式,已大致稳定下来,形成事实上的行规。在这种方式与模式的确立过程中,一些属于网络文学所特有的文学观念,也形成一定的范式,造成广泛的影响,从而在给当代文学带来新鲜的养分的同时,也带来了新异的冲击。比如,文学写作上的娱乐第一的原则,文学传播上的读者至上的观念,文学经营上的利益为重的理念,等等。

网络文学与传统文学在写作上有很多的区别，但最大的区别，是其对于娱乐化的追求，远远胜过对于审美性的追求。因为追求作品的可读性、读者的最大化，更适合于大众读者口味的"小白文"应运而生。这种内容简单、文笔通俗，只求以平实的文字讲述引人的故事的文体，本质上是在适应最为普通的读者，取悦最为大量的受众。这种"小白文"承载的故事，要么是玄幻、仙侠，要么是后宫、穿越，要么是盗墓、惊悚，要么是灵异、悬疑，基本上是以编织各种玄虚、荒诞、怪异、离奇的故事为能事，以取悦那些保有好奇心的和寻求刺激的读者。这种写作的文学性含量，自然取决于作者本人的文学造诣，但其总体的与终极的目的，在于作者的自娱自乐与娱乐他人。在这一方面，长于盗墓类型写作的南派三叔有一句话说得很明白，那就是"不以好看为目的的网络小说，都是在耍流氓"。话虽然说得有些极端，但道出来的确是实情。网络小说因侧重于娱乐性，使它有了自立的基点和发展的空间，某种意义上也使它流于浅俗化，减敛了文学性。这种长与短、舍与得、利与弊，在今后的发展中，当会进一步显现出来。

　　网络文学在文学传播上更看重读者，甚至推崇读者至上，这是它与传统文学的另一个重大区别。在传统型的文学领域，作者与读者的关系，更多的作者在意的是志同道合的交流，桴鼓相应的沟通，并不单单追求阅读的大众性和读者的大众化。而网络文学则不然，它的作者普遍希望在满足兴趣相同的读者的同时，还能吸引更为大量的旨趣不同的受众。因此，读者在网络作者那里，就是友人、亲们、市场和上帝，而且数量越多越好，跟踪时间越久越好。一些网络作者并不在意有没有人来评论，也不在乎能获什么奖，而始终把读者的喜欢与拥戴放在首位，其原因正在这里。已有评论家指出，网络文学的"读者是上帝"的规则需要予以反思。在文学与阅读的关系上，不要完全从文学消费、文学市场的角度去考量，要从文学启蒙、文学传承的角度，从文化积累、文化建设的角度，去掂量自己写作的意义与影响。[1]这一意见，确实值得网络文学作者切实关注和认真思考。

网络文学从写作到传播，从生产到经营，都更为重视经济上的效益与直接性的收益，这虽然有别于传统文学的社会效益第一，经济效益第二，但也无可厚非。但近年来一些现象表明，网络文学正在向着利益为重的方向大幅度倾斜，这样的倾向委实值得人们关注。2013年间，除过去的用户付费阅读、广告、粉丝经济之外，网络文学把"道具打赏"作为一种新方式，以对"粉丝经济"的深度开发，来寻求网络文学新的盈利点。在第八届作家富豪榜榜单上，网络文学作家的收入普遍超过了传统文学作家，成为作家富豪中最引人瞩目的群体。网络文学在谋求发展、开拓产业的过程中，显然存在着过分倚重商业、一味强化产业的倾向。从目前的发展趋势来看，利益与资本似乎成为支撑和推动网络文学的主要杠杆和重要力量，网络写作变成了不同环节的人们赚钱的方式，网络作家则成为网络文学利益链上的赚钱工具，而忽略了文学本应具有的审美作用与社会功用。这从长远来看，无论对网络文学自身，还是对当代文学整体，都是极为不利的。

总之，在当下的中国文坛，立足于信息科技的新平台、依赖于网络传播的新媒介的网络文学，已以其持续而海量的生产与传播，及

---

[1] 杨鸥：《网络文学：读者是上帝？（文学新观察）》，《人民日报·海外版》2014年2月18日，第7版。

时又广泛的辐射与影响,成为一个不可忽视的文学存在。而且它的从业人数、行业规模和社会影响,都呈一种几何级数的迅猛发展趋势。网络文学的这种强劲崛起,从文学、文化的生态上说,消弭了文学雅俗分化的原有界限,扩大了文学的社会影响,带动了文学的产业发展,在拓展文学领地、重构文学格局上,有其一定的积极作用与重要意义。但毋庸讳言的是,它同时又带来不少新的问题,提出许多新的挑战。面对这种已经成为文坛新常态的文学、文化现象,我们需要在走近它与跟踪它的同时,进而了解状况,深入发现问题,提出有效对策,积极应对挑战。

网络时代的批评作为

进入缭乱又多变的网络时代,面对丰繁多样又活跃不羁的网络文学,传统文学批评越来越感到无所适从与束手无策,已是一个越来越显见的事实。我觉得这种有如"老革命遇到新问题"的情形,正是这个新的文学现实给文学批评提出来的新挑战。而在这种挑战之中,传统批评既表现出了明显的有限性,也还存有着一定的可能性。

传统文学批评之于网络文学的有限性,笼统地说,是一个日渐缩小的批评在面对一个不断放大的文坛,一个趋于传统的批评在面对一个活跃不羁的文苑。具体地说,则是"两难":既很难找到"点",又很难对准"位"。

目前的网络文学世界,因为现代科技与市场经济的双向支撑,摊子愈来愈大,类型愈来愈多。就网络长篇小说而言,仅盛大文学公司旗下的起点中文、红袖添香、晋江原创、榕树下和小说阅读网几家文学网站,注册作者就有90多万人,库存作品有100多万部,而且作品的题材类型有十数种之多。其中影响最大的玄幻、仙侠、穿越、言情四类小说,代表性的作家普遍每年写作200多万字,一部作品就可能有300多万字。面对这样庞大的文学群体和海量的作品总数,传统的批评家仅阅读的精力与涉猎的能力就难以企及。而如果没有系统与细致的阅读,没有大致与相互的比较,也就谈不上有力与有效的批评。再就宏观层面而言,更是无人能对网络文学做到总体的观察与整体的把握,那些看似自信、貌似宏观的评说与断言,实际上都是"瞎子摸象",或"管中窥豹"。在这个意义上,传统的文学批评在网络文学面前表现出的无力与无言,实质上是无方与无奈,不是不为也,是不能也。

网络文学的发展已逾十年。十年来,网络文学发生了巨大的变化,取得了长足的进展,仅在小说创作一个方面,就以向类型化方向的不断倾斜,使类型小说从网络到纸媒,成为当下流通与流行的文学作品的主体构成。还有网络诗歌、博客与微博等,也以各种方式在寻求进取,图谋发展,各自都有了不小的地盘与相当的影响。但相应的网络文学批评,却一直未能应运而生,而传统的文学批评也很难真正介入其中并产生影响。这里边其实暗藏了一个根本性的问题,那就是目前的网络文学,流行的是交换机制,通行的是利益原则。旨在审美的传统文学批评与此并不对位,基本上是游离于这种核心需要与基本机制之外的,在这里属于可有可无的东西。在这种利益链条构成的供需机制之中,文学网络与文学网站既是写手与读者相互联络的中介,又是供方与需方达成交易的平台。而供与需的"货品",便是各式各样的类型性作品。它们可能类型不一,内容有别,但总体的指向与品位都比较接近与类似,那就是能够满足不同口味,旨在消遣、娱乐与宣泄的大众化读物。在这里,读者因为是付费者、消费者,就变得无比重要起来。他们的爱好与趣味,他们的点击与阅读,决定着一部作品的销量,主导着一部作品的收益。其结果就是,阅读量与付费数就成了衡量作者高下、作品好坏的一个基本标尺。在这种由写、传、读,或产、供、销构成的紧密链条中,批评不仅显得无力,而且显得多余。一些很有影响的网络作家不断向人们表示,他们重视的是读者,尤其是那些"粉丝"级的忠实读者,这些读者的喜欢与欣赏,跟帖与留言,他们更为看重,更加在意。至于文学批评家的看法,他们并不在乎。这背后的原因就是,在网络文学现有的生产机制里,文学批评其实是无关紧要、无足轻重的,除非你变身为广告式的宣传与促销性的推介。

面对这种乱草丛生、乱花迷眼的网络文学,文学批评难道就眼睁睁看着它自由地"疯长",无可奈何和无所作为了吗?当然也不是。

全新又缭乱的网络文学,给文学批评出了绝大的难题,批评在此显露出了自己的有限性,但同时,也给文学批评提供了新的契机,使得传统批评也有了某种新的可能性。这种契机与可能,当然需要文学批评自身的艰苦努力与适时新变。

其一,在切实、深入地了解网络文学现有生产机制与特性的情况下,通过一些有代表性的写作样本与文学案例,就其生产过程的功利性,写读双方的耽玩性,以及其本质上的亚文学性等,进行入情入理的分析与论证揭开由"文化""文学""产业"这样一些华丽辞藻所包装的行业内里的"市场"与"资本"的底牌,揭示网络文学在发展之中遇到的实质性问题,以及如许问题还可能产生的种种影响。这样的文学批评需要特别的功力,也需要特别的勇气。它也许暂时起不到什么明显的与实际的作用,但作为一种声音,作为一种姿态,是必须的,是应有的。

其二,网络文学作为以青少年文学爱好者为主的文学板块,我们不能不对它予以高度重视,也不能轻易地予以否定。事实上,在这个偌大的文学世界里,除了一些类型小说的名家、青春文学的偶像，还潜藏了不少真有文学才情，甚至在口味上接近于传统文学的写作者与爱好者。因为刚刚起步和比较弱势，他们尚被强劲的类型写作所裹挟，被那些强势的网络名家所遮蔽。传统文学批评完全可能选择其中的一些佼佼者，通过文学的交流、审美的熏染，使他们坚定文学的理想，明确自己的方向，既让他们脱颖而出，又助他们走出"产业"的桎梏和"市场"的束缚，而成为接续传统文学的后备者与影响网络文学的生力军。这种在网络写手中发现与培养文学新人的举措，实际上是以具体的和个案的方式，做积极的影响工作，起正面的引领作用。这在目前是最为可行又亟待加强的。

文学批评与网络文学的话题，是一篇新文章，也是一篇大文章。从现在的情形看，两者要实现良性互动与协调发展，还有很长的路要走。在这里，传统文学批评的与时俱进自然很重要，而在网络文学这个大文场，在青少年这个新一代，产生出有志于文学批评又具有这个时代特色的批评新人乃至批评新军，无疑更为重要。在这一方面，目前还没有出现令人乐观的迹象，而这才是问题的真正要害之所在。这一要害问题的悬而未决，不仅会严重地影响文学批评，而且会极大地影响网络文学，当然还会波及整个当下文学。

有限性与可能性
——传统批评与网络文学

面对丰繁多样又活跃不羁的网络文学，传统文学批评越来越感到无所适从与束手无策，已是一个越来越显见的事实。我觉得这种有如"老革命遇到新问题"的情形，正是这个新的文学现实给文学批评提出来的新挑战。而在这种挑战之中，传统批评既表现出了明显的有限性，也还存有着一定的可能性。

传统文学批评之于网络文学的有限性，笼统地说，是一个日渐缩小的批评在面对一个不断放大的文坛，一个趋于传统的批评在面对一个活跃不羁的文苑。具体地说，则是"两难"：既很难找到"点"，又很难对准"位"。

目前的网络文学世界，因为现代科技与市场经济的双向支撑，摊子愈来愈大，类型愈来愈多。就网络长篇小说而言，仅盛大文学公司旗下的起点中文、红袖添香、晋江原创、榕树下和小说阅读网几家文学网站，注册作者就有90多万人，库存作品有100多万部，而且作品的题材类型有十数种之多。其中影响最大的玄幻、仙侠、穿越三类小说，代表性的作家普遍每年写作200多万字，一部作品就可能有300多万字。面对这样的庞大的文学群体和海量的作品总数,传统的批评家仅阅读的精力与涉猎的能力就难以企及,而如果没有系统与细致的阅读,没有大致与相互的比较,也就谈不上有力与有效的批评。再就宏观层面而言,更是无人能对网络文学做到总体的观察与整体的把握,那些看似自信、貌似宏观的评说与断言,实际上都是"瞎子摸象",或"管中窥豹"。在这个意义上,传统的文学批评在网络文学面前表现出的无力与无言,实质上是无方与无奈,不是不为也,是不能也。

网络文学的发展已逾十年。十年来,网络文学发生了巨大的变化,取得了长足的进展,仅在小说创作的一个方面,就以向类型化方向的不断倾斜,使类型小说从网络到纸媒,形成了当下流通与流行的文学作品的主体构成。还有网络诗歌、博客与微博等,也以各种方式在寻求进取,图谋发展,各自都有了不小的地盘与相当的影响。但相应的网络文学批评,却一直未能应运而生,而传统的文学批评也很难真正介入并产生影响。这里边其实暗藏了一个根本性的问题,那就是目前的网络文学,流行的是交换机制,通行的是利益原则。旨在审美的传统文学批评与此并不对位,基本上是游离于这种核心需要与基本机制之外的,在这里属于可有可无的东西。在这种利益链条构成的供需机制之中,文学网络与文学网站既是写手与读者相互联络的中介,又是供方与需方达成交易的平台。而供与需的"货品",便是各式各样的类型性作品。它们可能类型不一,内容有别,但总体的指向与品味都比较接近与类似,那就是能够满足不同口味,旨在消遣、娱乐与宣泄的大众化读物。在这里,读者因为是付费者、消费者,就变得无比重要起来。他们的爱好与趣味,他们的点击与阅读,决定着一部作品的销量,主导着一部作品的收益。其结果就是,阅读量与付费数就成了衡量作者高下,作品好坏的一个基本标尺。在这种由写、传、读,或产、供、销构成的紧密链条中,批评不仅显得无力,而且显得多余。一些很有影响的网络作家不断向人们表示,他们重视的是读者,尤其是那些"粉丝"级的忠实读者,这些读者的喜欢与欣赏,跟帖与留言,他们更为看重,更加在意。至于文学批评家的看法,他们并不在乎。这背后的原因就是,在网络文学现有的生产机制里,文学批评其实是无关紧要、无足轻重的,除非你变身为广告式的宣传与促销性的推介。

面对这种乱草丛生,乱花迷眼的网络文学,文学批评难道就眼睁睁看着它自由地"疯长",无可奈何和无所作为了吗?当然也不是。

全新又缭乱的网络文学,给文学批评出了绝大的难题,批评在此显露出了自己的有限性,但同时,也给文学批评提供了新的契机,使得传统批评也有了某种新的可能性。这种契机与可能,当然需要文学批评自身的艰苦努力与适时新变。

其一,在切实、深入地了解网络文学现有生产机制与特性的情况下,通过一些有代表性的写作样本与文学案例,就其生产过程的功利性,写读双方的耽玩性,以及其本质上的亚文学性等,进行入情入理的分析与论证,解开由"文化""文学""产业"这样一些华丽辞藻所包装的行业内里的"市场"与"资本"的底牌,揭示网络文学在发展之中遇到的实质性问题,以及如许问题还可能产生的种种影响。这样的文学批评需要特别的功力,也需要特别的勇气。它也许暂时起不到什么明显的与实际的作用,但作为一种声音,作为一种姿态,是必须的,是应有的。

其二,网络文学作为以青少年文学爱好者为主的文学板块,我们不能不对它予以高度重视,也不能轻易地予以否定。事实上,在这个偌大的文学世界里,除了一些类型小说的名家,青春文学的偶像,还潜藏了不少真有文学才情,甚至在口味上接近于传统文学的写作者与爱好者。因为刚刚起步和比较弱势,他们尚被强劲的类型写作所裹挟,被那些强势的网络名家所遮蔽。传统文学批评完全可能选择其中的一些佼佼者,通过文学的交流、审美的熏染,使他们坚定文学的理想,明确自己的路向,既让他们脱颖而出,又助他们走出"产业"的桎梏,"市场"的束缚,而成为接续传统文学的后备者与影响网络文学的生力军。这种在网络写手中发现与培养文学新人的举措,实际上是以具体的和个案的方式,做积极的影响工作,起正面的引领作用。这在目前是最为可行又亟待加强的。

文学批评与网络文学的话题,是一篇新文章,也是一篇大文章。从现在的情形看,两者要实现良性互动与协调发展,还有很长的路要走。在这里,传统文学批评的与时俱进自然很重要,而在网络文学这个大文场,在青少年这个新一代,产生出有志于文学批评又具有这个时代特色的批评新人乃至批评新军,无疑更为重要。在这一方面,目前还没有出现令人乐观的迹象,而这才是问题的真正要害之所在。而这一要害问题的悬而未决,不仅会严重地影响文学批评,而且会极大地影响网络文学,当然还会波及整个当下文学。

网络文学的新使命与新课题

自20世纪90年代依托互联网应运而生以来,我国网络文学在各种力量的合力推动下,在作家创作、作品传播、网站经营、产业链接、满足读者、服务社会等方面,快速发展滋长,不断开拓进取,已成为中国当代文坛最具活力的文学力量之一,尤其在步入新时代后,网络文学正在迈向一个新的台阶。

一、突破瓶颈,才能赢得更好发展

网络文学经历了不同发展阶段,最近几年无论是作者队伍、创作生产,还是产业延伸、行业拓展,都以发展之快速、变化之巨大,为世人所瞩目。尤其是习近平总书记在文艺工作座谈会上发表重要讲话之后,网络文学从业者的创业积极性得到充分调动,网络作者的创作能动性得到充分激发,使得网络文学在数量与质量两个方面,都有显著的增长与有力的提升。据中国互联网络信息中心发布的第44次《中国互联网络发展状况统计报告》称,截至2019年6月,网络文学用户数量已达4.55亿,占网民整体的53.2%。此外,根据中国音像与数字出版协会等部门发布的《2018中国网络文学发展报告》，目前国内网络文学创作者已达1755万。至2018年，网络小说作品数量累计已有2400多万部，向海外输出中国网络文学作品的数量已有1.1万多部。从作品的内容构成和题材分布来看，在持续多元多样的基础上，依托中国历史文化、直面现实生活的创作追求更为突出，向经典文学靠近的网络文学写作取向更为凸显，现实题材作品数量不断增加，网络文学的样态与格局更趋合理，在生态与发展上也更具可持续性。

认真检查反省网络文学的现状，深入审视网络文学的发展态势，仍不难发现其中隐含的诸多问题，亟待人们去深刻认识和努力解决。而发现和解决这些问题，也意味着使网络文学争取更大的进步，获得更好的发展。习近平总书记在文艺工作座谈会重要讲话中，既充分肯定文艺创作"产生了大量脍炙人口的优秀作品"，也指出文艺创作中存在的"有数量缺质量、有'高原'缺'高峰'"，以及"抄袭模仿、千篇一律""机械化生产""快餐式消费"等现象。这样一些问题，在传统的严肃文学领域不同程度地存在着，在新兴的网络文学领域表现得更为突出。

二、廓清认识，实现网络文学新可能

从这些年人们的阅读观感来看，网络文学在看似纷繁的类型中，因为一些有分量的作家主要集中于玄幻类型写作，使玄幻类型成为囊括奇幻、仙侠、修真、魔法、灵异、架空、穿越等众多相近类型的超大类别，这些作品经过多种改编产生较大影响，这也造成网络小说中玄幻类型一家独大的倾向。其中一些作品，在接续写作中开始出现由套路化、程式化构成的自我重复。还有一些作品缺少应有的人文内涵。这些问题的存在，使得"玄幻"写作的巨大影响与其积极的能量并不相应相称。

这些年，随着主管部门的积极引导，旨在写实的作家不断介入，现实题材作品在网络小说中不断增多，呈现出数量增长较快、写法丰富多样的可喜趋向。但深入阅读这些现实题材作品，包括那些进入一些排行和文学评选之列的作品，又会发现有分量且有质量的作品也并不多见，多数作品还停留在对生活事象的纪实性描写层面，生活实录甚于艺术运思，典型化营构和文学性提炼都明显欠缺，读来或缺少内力，或缺少余韵，与严肃文学的现实题材作品水准上尚有较大的差距。

更为大量的包括各个类型在内的其他小说作品，或者缺乏精心的营构，或者缺乏精到的叙事，用严格的文学标准来衡量，基本上属于还不够成熟的半成品，或自我摸索的练习作。因为这样一些问题不同程度地存在，网络小说的整体文学质量受到很大的影响，其社会效益也因而大打折扣。

网络文学产生的这些问题，有着多方面的原因。比如，大众化的主体显扬，商业化的运营模式，娱乐化的文化趣味等。但从根本上看，主要还是一些基本认识上的固化与偏差，导致了一些人网络文学观念走向偏狭。在一些人看来，网络就是一个娱乐的场所、游戏的舞台，因此，把追求欲望叙事和感官刺激当成网络文学的题中应有之义。这里，首先把大众公用的网络定义单一化，继之又把多元共生的网络文学的定义倾斜化。网络文学不会特别钟情谁，也不会特别排斥谁，它自当遵循兼收并蓄、推陈出新的原则，按照自己的规律去优胜劣汰。

与此相关的，还有一些看法和说法，也都值得推敲和反思。比如，网络文学写作就是文学爱好者的自发自鸣、自娱自乐，不必苛求文学高度，只需守住道德底线；网络文学的特性就是读写的互动性，读者的"粉丝"化，因而不能与严肃文学等量齐观，不好用严肃文学的标准加以衡量等。这些看法和说法，都有抓住一点、不及其余的局限，以某种单一想象把网络文学的特点凝固化、单项化、偏狭化。

网络文学是一个还处于成长过程中的新兴事物，它的发展依然方兴未艾，它的最大特点是具有巨大的包容性，这也使它具有了极大的可能性。因此，对于网络文学的认识，要随着它的发展而变化，不能停留在某一阶段、某一层面，防止以主观认识的小格局去面对文学活动的大世界。

三、强调责任，更加注重社会效益

习近平总书记在文艺工作座谈会上的重要讲话，提到"互联网技术和新媒体改变了文艺形态，催生了一大批新的文艺类型，也带来文艺观念和文艺实践的深刻变化"，殷切期望在这一新兴的文艺领域"产生文艺名家"，使这一文艺板块"成为繁荣社会主义文艺的有生力量"。[1] 这段有关网络文学的重要论述，既包含了中肯的评估，也蕴含了很高的期待。

网络文学是在改革开放的历史进程中产生和发展起来的，它本身就是改革开放的产物，因而既扎根于巨变中的中国现实泥土，又带有鲜明的中国文化特色，它吮吸各种营养促使自身不断健康成长，也理应在中国特色社会主义文艺事业和中国特色社会主义

---

[1] 习近平：《在文艺工作座谈会上的讲话》，人民出版社2015年版，第12—13页。

精神文明建设中,发挥自己的独特作用、做出自己的积极贡献。从这样一个远大又崇高的目标任务来看,网络文学的广大作者与从业者,责任重大、使命光荣,而且也差距甚大、任重道远。于网络文学的认识与把握,不能只盯住"网络",而忽略了"文学"。网络文学作为文学的一种,网络作家的写作作为一种精神劳作,网络文学作品作为一种艺术成果,怎样在信守自主性中兼顾社会性,在适应市场性中保持艺术性,在图求趣味性中生发思想性,使自己的作品为读者加油鼓气,为社会增光添色,从而赢得社会效益与经济效益的双丰收,这些基本的文学认识和责任意识,是需要网络文学写作者和从业者深入思考并不断明确的。只有厘清了有关网络文学的基本观念,树立起正确的审美尺度与健康的艺术趣味,才能逐步形成积极正向的审美风尚和风清气朗的文化环境,为网络文学的更大更好发展营造和谐而良好的氛围。随着网络文学的创作进取与事业发展,已有的观念需要不断矫正,应有的责任意识需要不断加强,现有的艺术创造能力需要极大提升,相关的经营与管理工作需要不断完善,是显而易见的,也是迫在眉睫的。这些属于内功修炼与能力聚敛的增进与强化,为网络文学的健康成长和持续发展所必需,这无疑是网络文学在我们这个新时代的新使命和新课题。

网络文学的人民性特质

当今文坛在近20年间已发生了翻天覆地的巨变，并极大地改变了原有形态的基本构成。我曾在2009年就新世纪文坛的结构性变化做过一个传统文学（以文学期刊为阵地的主流文学）、大众文学（以商业出版为依托的市场化文学）、新媒体文学（以网络传媒为平台的网络文学）"三分天下"的基本判断。现在看来，这种文学的泛化愈演愈烈，文学的分化有增无减。当下的文坛从群体到写法、从现象到观念，都在或显或隐地持续分化，这种分化的结果既使文学的样态空前繁荣了，又使文学的看法空前丰盛了。这也意味着在文学观念的层面，必然会众说纷纭，一定是不一而足。在这样一个共识不断破裂的状态之下，谈论文学的本质已很不容易，再来谈网络文学的本质就更难上加难。

我们当下的文学是社会主义革命和建设时期的文学，是以人民作为活动主体的社会生活为基石，以传统的古典文学、现代的白话文学和进步的革命文学的有机融合为基础，不断吸纳古今中外各种新的文学元素发展壮大起来的。我们所置身和从事的当代文学更为郑重的说法应该是"社会主义文学"。关于社会主义文学，习近平总书记《在文艺工作座谈会上的讲话》中有一个重要的论述，那就是

"社会主义文艺,从本质上讲,就是人民的文艺"。[1]我们的网络文学,是社会主义文艺的重要构成部分,从本质上讲,当然也是人民的文艺。从这样一个角度去思考问题,去看网络文学,我们可以追寻到问题的根本所在,并抓住网络文学的本质性特征。

网络文学的飞速崛起与长足发展超出了人们的原有预想,也丰富了文学的主要构成。据中国互联网络信息中心发布的第44次《中国互联网络发展状况统计报告》称,截至2019年6月,中国网络文学的用户数量已达4.55亿,占网民整体的53.2%。另据中国音像与数字出版协会等部门发布的《2018年中国网络文学发展报告》显示,目前国内网络文学创作者已达1755万。据中国社会科学院发布的《2019年度网络文学发展报告》提供的数据,至2018年,在网络领域流传与累积的文学作品已达2442万部。在内容生产不断丰富与持续增长的同时,网络文学在海外的传播也与日俱增。网络文学还以IP为核心,不断扩大与多种文艺形式的联姻,形成了新的文化增长点和巨大的发展潜能。从这些切实的数据来看,无论是作者群体的广大性、读者受众的普泛性,还是文学品位的通俗性、服务读者的全面性,乃至文化产业的延展性、辐射社会的广阔性,网络文学都是极具大众性的,因而也是卓具人民性的文学。

我这20多年来一直从事当代文学年度发展状况的观察、分析与梳理,从中深深感到自网络文学出现以来,文学在泛化与分化中不断放大,这既对整体文学不断产生着影响并使之改变,同时也以一种网络链接、读写互动的新异方式,实现了文学与最广大人民群众的密切结合。这种"草根"的普遍介入、"亲民"的文学取向,其实

---

[1] 习近平:《在文艺工作座谈会上的讲话》,人民出版社2015年版,第14页。

是十分重要的。1942年,毛泽东《在延安文艺座谈会上的讲话》中,谈到了文艺"要和人民打成一片""要和人民发生联系""要和新的群众的时代相结合",而且还提出了"阳春白雪"与"下里巴人"统一的问题,"提高和普及统一的问题"。但在当代文学不同时期的发展演进中,这始终是一个有待解决的问题。可以说,毛泽东对于文学的这一殷切期望与热切呼吁,到了网络文学飞速发展和不断延展的今天,才比较好地得到了具体的实现。

如果说网络文学是卓具人民性的文学,是以"人民写,写人民"的自主方式丰富和延伸着文学的既有特性,那么我们就需要从这样一个角度来检查反省反省网络文学的现状与发展,来要求网络文学的创作与生产。网络文学的人民性特质,除了表现在从业者、参与者、接受者的广大与普遍这些方面,还有一些内在的指标也很重要,也需要做到。总括起来说,就是"为人民抒写,为人民抒情,为人民抒怀"。就是在文学的创作与生产中,"不能以自己的个人感受代替人民的感受,而是要虚心向人民学习、向生活学习,从人民的伟大实践和丰富多彩的生活中汲取营养,不断进行生活和艺术的积累,不断进行美的发现和美的创造。要始终把人民的冷暖、人民的幸福放在心中,把人民的喜怒哀乐倾注在自己的笔端,讴歌奋斗人生,刻画最美人物,坚定人们对美好生活的憧憬和信心"。一句话:"欢乐着人民的欢乐,忧患着人民的忧患。"[1]在习近平总书记关于文艺工作的这些重要论述里,涉及个人生活与人民生活、个人感受与人民感受的联系与区别,要求文学、文艺工作者超越个人的小天地,走出个人的小悲欢,从人民生活中汲取营养,提炼素材,寻找故事,营构人

---

[1] 习近平:《在文艺工作座谈会上的讲话》,人民出版社2015年版,第17—20页。

物,并力求表达"时代的情绪"与"人民的情感"。与这些内在的人民性要求比照起来,我们的网络文学委实还有不少短板,存在着较大的差距。比如,文学写作、文学活动中,常常会出现沉浸于个人小天地,执念于个人小追求,玩味于个人小情趣,甚至只去面对情趣相投的小众读者,或对读者做一种偏于低端乃至低俗的想象,使自己的写作一直滞留于通俗文学的底层与末端的情形。如许种种现象,都是与"人民性"的要求格格不入,甚至相去甚远的,显然需要加以切实改变。在这里,写作的问题、技术的问题都是表面的现象,根本问题在于观念,也就是说,对于网络文学的认识,不能只盯住"网络",或者只盯住"文学",还要想到无论是"网络"还是"文学",其立足点与出发点都在于"人民"这个根本。

从网络文学的发展来看,20多年经由类型化的不断演进,网络文学在通俗品类的创作、生产与传播方面,得到了接近于全面性与专业化的极大发展,既使当代文学在整体结构上更完整、更合理,也极大地满足了广大普通文学爱好者的文学理想与文学需求。如果说过去时期的网络文学在通俗文学、类型文学方面,主要解决了"有没有"的问题的话,那么,今后网络文学的要务显然是要进一步解决通俗文学、类型文学"好不好"的问题。在这一方面,依然要以"为人民"作为基本的坐标来衡量自我和要求自己,这就是"要把满足人民精神文化需求作为文艺和文艺工作的出发点和落脚点,把人民作为文艺表现的主体,把人民作为文艺审美的鉴赏家和评判者,把为人民服务作为文艺工作者的天职"。只有这样,才能真正称得上是卓具人民性的文学,并且不负这个时代,也不负我们自己。

在强国战略的大格局中发展网络文学

网络文学自20世纪90年代开始崛起以来,依托互联网技术的飞速进步和其他力量的合力推动不断发展演变,于今已成为当代文学领域最具活力的生长点,当代中国社会别具特色的风景线。20年来的网络文学,实现了从无到有、由小到大的兴盛与发展,也呈现出"有数量、缺质量,有'高原'、缺'高峰'"的不足与缺陷。如何在新的形势下谋求网络文学的良好生态与更大发展,无疑是网络文学在新时代需要着力解决的重要课题。

正是在这样一个背景之下,《习近平关于网络强国论述摘编》出版发行,为我们及时地提供了体现"中国特色治网之道"的精要表述。《习近平关于网络强国论述摘编》,从九个方面收录了习近平有关网络强国的重要论述,深入阐述了网络强国的主要思路与基本要点,系统论述了一系列方向性、全局性、战略性的问题,提出了一系列新思想、新观点、新论断,为我国网络事业的建设和网络文学的发展,提供了根本遵循和思想指引。认真学习和深入领会习近平关于网络强国的重要论述,对于我们在大战略与大格局中来认识和发展网络文学,不仅十分必要,而且至关重要。

一、从战略高度上认识网络文学

随着网络文学的强劲崛起,尤其是以 IP 为中心的网络文娱产业的蓬勃发展,形成了从文学阅读、文艺消遣到文化产业的延伸链条,人们越来越看到网络文学的高度重要性与多种可能性。但也毋庸讳言,人们这种对于网络文学的看法,还多局限于网络传媒的行业领域、文化生活的局部范围,还没有站在"网络强国、数字中国、智慧社会"这样的战略高度和更高层面,把网络文学看成是其有机构成,并发挥网络文学在网络强国战略中的特殊作用。因此,在战略层面和全局视角看待和认识网络文学,是需要认真加以解决的问题。

习近平总书记在党的十九大报告中提出"建设网络强国"战略,是党中央从党和国家的事业全局出发作出的重大决策。习近平《在全国网络安全和信息化工作会议上的讲话》中,进一步论述道:"要站在实现'两个一百年'奋斗目标和中华民族伟大复兴中国梦的高度,加强推进网络强国建设。"并为此提出了"技术要强,内容要强,基础要强,人才要强,国际话语权要强"的五个要求,还特别提到"要有丰富全面的信息服务,繁荣发展的网络文化"的问题。这些要言不烦的论述都昭示我们,必须要把网络文学放置于网络强国的大战略里,在这样一个总态势和大格局中,来看待网络文学的位置,认识网络文学的功用。这就需要我们超越既定的行业范畴,走出狭隘的文学视域,从国家安全和国家发展的总要求,从人民大众的工作与生活的总需求等方面,来衡量网络文学在其中所能发挥的能量,所能起到的作用。充分认识其在文化软实力、信息现代化、话语主动权等方面的综合作用,使网络文学在发展自身、满足读者、服务社会的过程中,不断强筋健骨,日益走强做大,成为网络强国战略中的中坚力量。

事实上,网络文学在发展演进中不断"出圈",持续繁衍,使得它现在已不仅仅是一种文学现象。广义的网络文学,除了经由类型化得到极大发展的网络小说,还应该包括网络诗歌、网络散文、网络纪实文学、博客写作、微博写作、微信短文、纪事日记、记感随笔等。这样一种多形式、多样态、多动机、多功能的文字写作与文化传播,使得网络文学在许多方面都与传统文学明显不同,具有文体的综合性、传播的广泛性、信息的及时性等重要特征。这也使得网络文学不止是一种文学现象,一种文化现象,可能还是一种舆情现象,一种意识形态现象。因此,如同"互联网已经成为舆论斗争的主战场"一样,网络文学事实上已经成为各种力量相互竞争的主阵地。

把网络文学置于网络强国的战略之中,重要的还在于一定要把网络文学放在国家文化总建设和当代文学大格局之中来看待。网络文学20多年的发展演变,已使它成为当代文学中的一个重要板块。我曾在2009年的一篇文章中,把当代文学的结构性变化描述为"三分天下",即几十年来基本上以文学期刊为主导的传统型文学,已逐渐分泌和分离出以商业出版为依托的市场化文学(或大众文学),以网络媒介为平台的新媒体文学(或网络文学)。并指出:当下文坛这种正在一分为三的情形,带有相当的必然性。这样一个走向的动因,无疑是综合性的,并非单靠文学本身所能促动和形成。我们需要做的,或者我们应该关心的,不是这样一个格局该不该有和好与不好的问题,而是必须面对这样一种已经存在的情形,在走近它和认识它的过程中,就其如何良性生长和健康发展做出我们实事求是的预见和力所能及的努力。现在已经过去了十年多,这种"三分"的状况已经成为基本定势,而且相互之间彼此分离、互不走近的情形也在改变,但客观地看,无论是网络文学从业者,还是传统文学从业者,大家对于网络文学的认识与观感,都既有各自的角度,也有各自的局限。但这些看法存有一个共同的问题,那就是都只从文学的角度去看待,没有超出单一的文学范畴,看到网络文学的超文学意义,因而也没有看到它在自身的发展中对于文化建设的强力促动,对于文学格局的深刻影响。因此,在当代文学的结构变化和历史发展中去看待和把握网络文学,有助于我们认识网络文学的诸多功能与意义,也有益于网络文学从业者认识自己的重要责任与使命。

二、以质量提升谋求更大发展

网络文学经过20多年的发展,不断走向题材的丰富与类型的多样,产生出了不少读者喜闻乐见的优秀作品,也为影视、游戏、动漫等文艺形式提供了丰富的原作资源,满足了人民群众多样化的精神文化需求。但在这一过程中,也累积了不少的问题,如由写作的快捷性和作品的速成性,造成的文字粗鄙化、叙述同质化等。因此,当前的网络文学,事实上已进入转型升级的关键时期,迫切需要走出"数量"增长的粗放阶段,以质量提升工程的实施,谋求更大的发展。

党的十九届五中全会通过的《中共中央关于制定国民经济和社会发展第十四个五年规划和二〇三五年远景目标的建议》,把"繁荣发展文化事业和文化产业,提高国家文化软实力"作为最为重要的目标之一,并具体而明确地提出"实施文艺作品质量提升工程,加强现实题材创作生产,不断推出反映时代新气象、讴歌人民新创造的文艺精品"的高远要求。这样的一个要求,既瞄准着"满足人民文化需求和增强人民精神力量相统一,推进社会主义文化强国建设"的高远目标,又契合着当下文学创作与文艺生活的发展实际,对我们在新时代社会主义文艺事业建设中的着力点,都有明确的指引与具体的要求。[1] 这些重要的意见与扼要的提示,实际上就是今后一个时期文学事业与文艺工作的奋斗目标,更是网络文学由"求生存"向"谋发展"转型升级的唯一路径。

文学的使命与创作的追求,就是"为人民创造文化杰作,为人类贡献不朽作品"。而这,也正是我们这个伟大的新时代所迫切需要的。习近平在党的十九大所作的《决胜全面建成小康社会,夺取新时代中国特色社会主义伟大胜利》的报告,明确地指出我们当前和今后所面临的新的社会主要矛盾,是"人民日益增长的美好生活需要"和"不平衡不充分的发展"之间的矛盾。这里的"日益增长的美好生活需要",当然包含了通过优秀作品丰富文化生活和增强精神力量的需要。这里的"不平衡不充分的发展",自然也包含了文学创作与文艺生活的不平衡、不充分发展,这在网络文学向网络文艺与网络文娱的不断扩展之中表现得更显见,更突出。毋庸置疑,满足"人民日益增长的美好生活需要"的要义,是要有更多更好的文艺精品力作。因此,习近平的报告在谈到"繁荣发展社会主义"文艺时,特别强调"要繁荣文艺创作,坚持思想精深、艺术精湛、制作精良相

---

[1]《中国共产党第十九届中央委员会第五次全体会议文件汇编》,人民出版社2020年版,第49页。

统一,加强现实题材创作,不断推出讴歌党、讴歌祖国、讴歌人民、讴歌英雄的精品力作。发扬学术民主、艺术民主,提升文艺原创力,推动文艺创新。"[1] 这里既明确了文艺精品的几个重要标准,又提出了创作和生产文艺精品的主要措施。从这样的总体性要求来看,包括传统的严肃文学与网络的类型文学在内的当代文学,在新时代的重要目标与基本任务,就是"精品力作"的创作与生产。围绕着"精品力作"这个中心,无论是传统文学,还是网络文学,抑或是文学的评论与研究,文学的组织与管理,在各自发挥作用的同时,还应该在整体上形成一种合力,形成促进"精品力作"产生的良好氛围与有效机制,通过更多更好的"精品力作"的不断问世,来协同努力构筑新时代的文艺高峰。

习近平总书记的《在文艺工作座谈会上的讲话》,在谈到"创作无愧于时代的优秀作品"时,特别提到"互联网技术和新媒体改变了文艺形态,催生了一大批新的文艺类型,也带来文艺观念和文艺实践的深刻变化"。他殷切地期望在这一新兴的文艺领域"产生文艺名家",使这一文艺板块"成为繁荣社会主义文艺的有生力量"。[2] 这段有关网络文学的重要论述,既包含了中肯的评估,也包含了很高的期待。网络文学在改革开放的历史进程中产生和发展起来,它本身就是改革开放的产物,因而既扎根于巨变中的中国现实泥土,又带有鲜明的中国文化特色,它在吮吸着各种营养促使自身的不断健康成长中,也理当在中国特色社会主义文艺事业建设和"网

---

[1]《中国共产党第十九届中央委员会第五次全体会议文件汇编》,人民出版社 2020 年版,第 49 页。

[2] 习近平:《在文艺工作座谈会上的讲话》,人民出版社 2015 年版,第 12 页。

络强国"建设的伟大工程中,发挥自己的独特作用,做出自己的积极贡献。从这样一个远大又崇高的目标任务来看,网络文学的广大作者与从业者,委实责任重大,使命光荣,需为此孜孜以求,努力奋斗。

作品评说

他开启了人文科幻的星空

——从《三体》看刘慈欣的科幻写作

刘慈欣于 2006 年开始写作科幻小说《三体》，第一部在《科幻世界》连载之后，即获得中国科幻银河特别奖。在 2007 年至 2010 年相继完成第二部、第三部之后，又在 2011 年荣获全球华语科幻星云奖最佳长篇小说金奖。2015 年 8 月 23 日又传来喜讯，《三体》在世界科幻协会主办的第 73 届雨果奖评选中摘得了最佳长篇故事奖。雨果奖从 1953 年开评以来，每年评选一届，被人们看作是科幻领域里的诺贝尔奖。因为从未有亚洲人问鼎过此奖，刘慈欣获奖是中国人乃至亚洲人第一次获此殊荣，所以，广大科幻读者为之欢呼雀跃，整个文坛也为之万分欣喜。

《三体》问世以来，备受人们关注，几乎没有落下科幻领域的重要奖项，这表明作品既经受住了中外读者的阅读检验，也经受住了国内国际重要奖项的严苛考验，这都不能不令人对《三体》刮目相看，对作者刘慈欣报以敬意。

自梁启超撰写《新中国未来记》，鲁迅翻译凡尔纳的《地底旅行》起，中国的科幻文学就一直在立足本土文化和借鉴外来艺术的双轮驱动中，艰难而缓慢地前行，乃至于潜行。由于种种原因，现代到当代的科幻文学，在整体文学的发展中势单力薄，影响甚微。新时期的郑文光、童恩正等人，以《飞向人马座》《珊瑚岛上的死光》等作品，让人们看到了科幻文学的曙光，但科幻文学的切实发展与扎实进取，还是在进入新世纪之后，以刘慈欣、王晋康、韩松等人为代表的新锐科幻作家，以他们各具特色的小说力作，并借助于新兴媒体的传播，逐渐开拓出科幻文学的新天地，使科幻文学成为整体文学创作和文学阅读中的一个组成部分。

《三体》的后来居上，刘慈欣的荣获大奖，其意义不只在于中国科幻文学终于迎头赶上，中国科幻作家终于登上国际科幻文学的最高殿堂，还在于世界科幻文学的竞技场上，有了打着中国印记的作品，有了卓具中国元素的创作，这对于中国科幻文学和世界科幻文学，都具有非同寻常的重要意义。

具体到《三体》的创作，可以说，刘慈欣由于做到了科学幻想与艺术想象的有机结合，广袤宇宙与中国视角的内在对接，使他营造的超凡艺术世界，立足于中国深厚的历史文化积淀，充满中国文人的文化自省与民族自信精神。在这个意义上，甚至可以说，刘慈欣在向人们奉上《三体》作品的同时，也给人们带来人文科幻的新的写作追求。

《三体》系列由《三体》《三体2》《三体3》三部作品构成。刘慈欣笔下的"三体"，是一个由"三体"游戏进入的三体世界，在这个逐步升级的神秘世界里，游戏者可以遇到周文王、墨子、孔子、秦始皇等中国历史人物，也可看到伽利略、哥白尼和牛顿等外国科学家的对话，并参与进去向他们询问，与他们对话，从中窥悉文明的演进与变化，探知科学的发展与宇宙的奥秘。而与之相联系的，是由明里的"三体"网友和暗里的"边缘世界"构成的"地球三体运动"神秘组织，而这个组织又分化出"降临派""拯救派"和"幸存派"等不同派系，形成了"三体运动"内部的激烈斗争和残酷厮杀。如果说作者在《三体》第一部，凭借丰富的知识与奇崛的想象，虚构了一个星球及其文明的复杂历史的话，那么，《三体2》主要经由"三体人"与"地球人"的思维博弈，描写了不同星球之间的文明差异及其胶着关系，《三体3》则由"阶梯计划"和"太空遨游"，主要探讨了时间的本质与宇宙的秘密。

令人为之叫绝的是，在《三体》的一、二、三部中，关于"三体文明"，都有层层递进式的超凡想象与步步登高式的艺术描写，而每一部中又都以现实中的国人为视角和主角，串接起数学与计算机、物理与化学、天文与天体、军事与战争等学科，打通时间与空间的限定、现实与历史的隔断，以富有献身精神的人类精英为点线，连缀起已知的社会历史与未知的超验世界，把虚拟性与现实性巧妙地连接起来，把科学性与人文性内在地融为一体，既以扑朔迷离的故事情节引人引领疾读，又以钩深致远的丰厚意蕴费人思量。

阅读《三体》，确实让人有非同寻常的体验。作品里，你似乎熟悉的人物和事件，年代和场景，会引动你自然而然地反观现实，回望历史；作品里那些完全陌生的现象与事件，奥秘与奇观，又吸引你去放飞想象，探寻究竟。看懂的和看不懂的，汇聚成一片美妙又浑朴、神奇又氤氲的景象、气象与意象，看门道的看门道，看热闹的看热闹，各取所需，自得其乐。

刘慈欣把科幻小说写得如此瑰丽而奇崛，写得如此好读又耐读，并卓具文化底蕴、人文意味、文学趣味，与他从小爱好科幻小说有关，与他长期从事计算机科研有关，也与他卓具非凡的艺术灵性，平时注重知识积累有关。记得在2012年同他一起去参加中国作为主宾国的伦敦国际书展,在各自的规定活动之外,有半天的时间去参观大英博物馆,但刘慈欣选择了去看自然历史博物馆,事后他说,对于科幻作家而言,自然历史博物馆更为重要,必须去看。据说在那次他与读者见面的座谈活动上,到场的众多读者中,有不少是操着不同语言的外国读者。可见在那时,他已是拥有不少国外"粉丝"的中国作家了。

《三体》获奖之后,刘慈欣在接受记者采访时特别说道:"科幻文学是一个国家发展的晴雨表,只有一个朝气蓬勃,处于稳步发展时期的国家,才能为优秀的科幻文学培育肥沃的土壤。"此言极是,它很好地诠释了中国科幻文学崛起的内在缘由,个中也透露出刘慈欣作为一个中国作家的清醒与自知、乐观与自信。这份清醒与自信,令人钦敬,也令人欣慰。

历史小说写作的一部力作
—— 阅读《芈月传》随感

《芈月传》是近年来网络文学中历史题材长篇小说创作的重要收获,作者蒋胜男对春秋战国时期的历史情有独钟,她认真爬梳先秦史料,深入研读历史细节,在多年的史料积累与出色的艺术想象的基础上,完成了这部长篇力作。小说以俗称"芈八子"的秦惠文王的妃子芈月的经历为主线,重点表现秦惠文王死后芈月面临的大起大落的命运转折,包括儿子嬴稷被送往燕国当人质,秦武王意外身亡后,儿子嬴稷费尽艰辛回到秦国继位为秦昭襄王,自己成为太后之后,将秦惠文后等敌对势力剿杀殆尽,独揽大权,临朝称制,又杀伐决断、攘外安邦,以铁腕手段维护政权稳定,为秦国扩张了大片土地。书中还涉及宣太后同时代的不少名人和大事,如纵横家苏秦、张仪,如战国四公子,如屈原、宋玉、司马错、公孙衍、廉颇、蔺相如,以及鸡鸣狗盗、完璧归赵、沙丘之变、白起拔郢和屈原投江等著名历史事件等。

网络文学中的历史小说,往往以"戏说""穿越"见长,这些作品的主旨在于通过对于历史的自我想象,满足自己的游戏心态与补偿心理。而《芈月传》则与此类小说完全不同,它基本忠实于历史事实,尊重历史人物,努力做到大事不虚,小事不拘,使得作品遵循历史的线索,再现了一段波澜壮阔的历史。

小说作者蒋胜男在作品里还表现出一个优秀小说家的诸多素质,作品从一个独特的女性的角度,演绎了先秦时期错综复杂的大的历史,大的转折,大的动荡。其中,无论是对于事件的叙述,还是对于人物的刻画,都基本秉承了历史唯物主义的史观与史识,既写出了历史转型造成的种种危机与契机,又写出了芈月等人在历史关头的审时度势,顺应潮流,卧薪尝胆,把握时机。历史与个人的关系,时代与命运的勾连等,都由故事与人物给予了发人深省的揭示。

在中国作协创研部于2016年4月举行的《芈月传》研讨会上,众多的专家学者从女性大历史的写作、人物的塑造等方面对《芈月传》进行了多方面多维度的讨论,一致认为蒋胜男的《芈月传》,是近年来网络小说中难得一见的精品之作。在国家新闻出版广电总局组织主持的"2015年优秀网络文学原创作品推介活动"中,《芈月传》也以高票入选,我受评委会委托,为此作撰写了如下评语:这是一部以人带史的大格局历史小说。作品在真实历史资料的基础上,合情合理地展开自己的艺术想象,在宏大的历史场景与动荡的时代背景下,一方面娓娓道来,写出一个不凡女性的成长过程与心路历程;另一方面又回到历史现场,细致入微地展现战国时期的史实、礼仪与风俗。有案可稽的历史事实,铺锦列绣的语言文笔,以及信手拈来的用典能力,都体现了作者不俗的历史功底与文学造诣。

靠近传统文学的网络小说写作

——读杨蓥莹的长篇小说《凝暮颜》

先就网络文学说一点总体的感受。我们这些人来谈网络文学，不可避免地会带有我们自己的视角，我们的视角肯定是偏于传统文学的。所以由我们来研讨网络文学，其实就是与网络文学作者的一种对话。网络文学的写作，跟网络文学的阅读方式、传播方式密切相关。每天更新多少，就上传多少，也就阅读多少，写作与阅读，既像由短跑接成的长跑，又好像一种相互的接力。这种情形，构成了网络文学的一个重要特点，那就是网络文学的写作，与它的阅读对象和阅读方式密切相关，作品完成的过程，带有它独有的蔓延性。这种方式，就跟传统小说的做法很不一样。传统小说的写作，间接面对读者，网络小说的写作，直接面对读者；传统小说的写作，是整体性的，而网络小说的写作，是断片式的。还有网络小说的阅读，实际上与纸质阅读完全不同，严格意义上说是浏览式阅读。所以像这种直面性、断片性、浏览性，恐怕就是网络小说很重要的一些属性和特点，正因为这些不同点，网络小说就跟传统小说区别了开来。但网络小说还是小说，它与传统小说有基本的共性，有一定的联系。这种共性与联系是什么呢？那就是怎么说也是汉语叙事，是以汉语的方式叙述故事。因为这种共通性，传统与网络，你们与我们，就有坐下来相互交流的可能。

　　当然我觉得在文学的看法上、小说的概念上，我们一代人跟新的一代人看起来说的是一个词汇，但在其内涵上，可能并不相同，或者有所区别。比如说现在的"80后""90后"们，他们的文学观念跟我们是很不一样的。2012年，石河子大学一些学中文的大学生联合其他大学的学生编著了由作品读后感构成的一部《我的文学》，找我作序，我一看目录，就感到很为难，因为用我相对传统的文学观念来看，既对鲁、郭、茅、巴、老、曹等仍在其中感到欣幸，又对郭敬明、韩寒、沧月、雪小禅、七堇年、九把刀等名列其中感到讶异。可以说，这份作家名录的无所不包与逾越常规，在体现其丰盈多样的同时，面目上也显得模糊和暧昧。但这就是他们的文学喜好和文学尺度，显然与我们的看法差异较大。因之，我在序文中，也就此与他们展开了一定的讨论。所以今天这种研讨，只能是沟通看法，相互交流，在沟通与交流中进行对话。你们谈你们的，我们谈我们的，你们看看我们的说法有无道理，我们也听听你们的意见有无道理。然后相互影响、相互启迪。

　　今天我们讨论的几位网络作家，不管他们的作品还有什么问题或多少毛病，但他们确实是当前网络文学写作中比较好的作家和作品，在网络小说中具有相当的代表性。我这次阅读的杨鍪莹的作品，说实话有点让人意外。《凝暮颜》这部作品，从书名来看，是典型的网络小说，因为它表意含混，难知所云。但看完以后，感觉作者的写作在网络文学里面是靠近传统的，类型化写作的网络小说特征并不很明显。还有一个，是她的作品在多时空的形式中有着丰厚、丰盈的内蕴，这些都超出了她的年龄应有的程度。因此，她的这部作品,是既有一定的可读性,也具有一定的可评性的。

《凝暮颜》这部作品给我的印象深刻的,主要有两点,一个是表述方式上的双线叙事或者双核结构,一个是人物命运的重复与轮回。这两个东西又相互交织,相辅相成。作品中的第一条故事线是现代的,另一条故事线则是当代。现代故事线中的主人公凝痕,情感经历与个人命运都不顺遂,她先后有过两三段恋情,因为自己性格的原因,也因为战乱的大背景,都未能实现自己的真正意愿。她心高气傲,却只能由一个女佣熬成白家的二少奶奶,但在心里却始终爱着另外一个人。作品里的其他人,也都在情感际遇上阴差阳错,个人命运上历尽坎坷。当代故事线中的女主人公边暮,虽为当下都市的白领丽人,却因性格的羁绊,不断错失爱情。她深爱萧忆,也只是柏拉图式的暗恋。转而爱上廖彦时,却被好友佘芳捷足先登。恋爱一事无成,只好独自踏上去往小镇的旅程。幸而在那里得知了凝痕的往事,仿佛镜像看到了自我,于是她重返T城,继续自己的学业。作品在两条故事线的交叉演进中,写出了两个时段里两个主角各自的人生故事。主线之外还有副线,主角之外还有配角,交叉性中蕴含了人生的丰富性与人性的复杂性,作品确实耐人咀嚼。

正是这样的二重结构的叙事,作品又写出了分属现代与当代的凝痕与边暮的相似性,她们不仅面容酷似,而且命运何其相同:都因追求爱情不得,使得人生从青春时代起就陷入了悲凉,并从此难以改变基本走势。不同时期的女性有着如此相似的命运,让人惊异,也引人深省。它会让人在心里反问,为什么在现代时期的抗战背景之下,女性个人的意愿实现不了,命运异常坎坷,而到了当代时期的当下社会,她们在爱情与人生上,际遇仍然一如既往,命运依然重蹈覆辙?我们的社会与时代,对于女性来说,到底是变了还是没变?这些都会引起我们深深的追问与反思。

用传统的小说标准来看,这个作品确实还有许多不足。比如,作品里的两条线索的故事和两个核心的结构,基本上是平面运行,平行叙事,两条线索的故事之间,没有一种内在的联系,除了发生在同一个古镇这一个地方之外,两个故事平搭浮搁,完全没有什么勾连,感觉是把两部作品拆开后又硬合成了一部作品。我想,你应该想一些办法,哪怕玩一点穿越,让两个故事有更内在的勾连,看起来就会不一样一些。所以我看着就想发问,你这个作者,为什么要把两个作品拆开又捏鼓成一个呢?这种交叉叙事,因为两个故事都是碎的,看起来很难受,也显得很凌乱。交叉叙事不是不可以运用,但要用得自如而得体,或者说应比现在的样子更好一些。

我在阅读中还感觉到,作者在这部作品当中,想要表现的东西太多了,两条线都想表现,两个人物都想写好,还想写好现代的战乱、当代的困惑、女性的命运、人性的孤独,等等。你能感到众多的线索在相互纠缠,众多的人物在相互遮蔽,使得更重要的都似乎没有真正突出出来。我认为一部作品所有的意义,都蕴含在故事本身,你把故事写好就行了,不要外加别的意义。叙事完毕,故事看完,读者自然会领悟其意义。在故事之外强加过多的东西,读者在阅读中未必能悉数接受,反倒会分解乃至损害故事应有的意义。

从这个作品可以看出,杨莹在小说写作上是真有潜力,确有实力。她的潜力在于她在这部作品中表现出来的直接与间接生活体验的丰富性,她的实力在于她把握复杂现象,处理难度问题的一定能力。这些积累与才力,加上她的靠近传统文学的艺术造诣,都向人们预示:假以时日,她今后当会有更好的发展,更大的进步。

俗世的观察与世俗的批判

——评米米七月的长篇小说《肆爱》

在惹人眼目的"80后"作家群体中，女作家米米七月一直保有较高的关注度与知名度，这跟她频频引发一些争议有关。她的长篇处女作《他们叫我小妖精》，几经周折才得出版，出版之后广受非议。在"放肆"乃至"放荡"的责难声中，她又拿出了自己的第二部长篇《小手河》，依然一如故我，我行我素。其间，还因在博客中写犀文、发照片，先后引起较大的争议。如今，她的第三部长篇小说《肆爱》（万卷出版公司2010年7月版）又出版，相信也不会悄无声息，必会引起一定的反响。

认真读了米米七月的这部长篇新作《肆爱》，我的感受先是新奇，后是惊异。作品里所描写的南方小城——冲城，所塑造的小怎、佼佼、领子等都市女性，都是我所陌生的，因为陌生，便觉新奇。但让我渐生惊异的，是作品里深蕴的那与作者的年龄极不相称的感觉的老到、文笔的老辣。她笔下的冲城，斑驳陆离，又生机勃勃；她笔下的女性，尖嘴薄舌，又温情脉脉。如此的都市日常生活，如许的都市女性人物，在"80后"的作品里很难看到，在时下的青春小说里也为数不多。

说起来,《肆爱》的主干故事并不怎么精彩引人,其主要人物也不怎么光彩照人。作品的基本故事主要围绕小怎这个都市"剩女"的情感主线徐徐展开,多情又敏感的小怎在25岁之后,就"很想成为母亲"。这个看似十分寻常的意愿,却怎么也实现不了。成为母亲的前提是结婚,结婚的前提是恋爱,而她的恋爱就磕磕绊绊,难以遂愿:她喜欢恩度,恩度却因犯事离开了她;别人介绍了阿擂,阿擂又无意与她成婚。于是,小怎就在一种想婚不能婚,要爱不能爱的焦灼状态中,无聊地打发着时日,无望地寻觅着机会。

然而,当你对这个并不新奇的故事不免有所失望的时候,却别有一种浓郁的气息与意味扑面而来,那就是作品由小怎与佼佼、领子等女友的日常交往,与恩度、阿擂等男友的情感纠葛中,描绘出一种南方小城特有的粗悍民情,折射出一股时下流行的媚俗世风。麻友之间,斗智又逗趣;女友之间,惦记又较劲;男女之间,恋爱又调情;父母与子女之间,疏远又亲昵,指桑又骂槐。杂沓而真诚,缭乱又活跃。偏僻的地域,晦暗的天气,势利的时尚,刁蛮的民习,这一切交织起来,就构成了冲城这一方不大不小的都市社会特有的混沌状态与暧昧气息。少女小怎置身这样一个环境氛围之中,还能要求她有怎样的作为、怎样的命运呢?其实小怎也一直不放弃,总是在努力。她一再地"勾引"着"硕果仅存"的阿擂,不停地思念着离她远去的恩度,甚至还去找人算过命,但这一切,不过是"想得美丽"而已。在小怎爱恋追求的无所作为与无可奈何中,作者实际上是让这个"剩女"以野马导游的方式,引领人们体察凡桃俗李的情爱生活与街头巷尾的现实生计,并在刻意的出乖露丑中,暗含了一定的愤世嫉俗的意识与社会批判的意向。甚至在人与环境、人与社会的相辅相成、相生相克上,还透显出某些哲理的意蕴。

米米七月的小说写作,从叙事到语言,都呈现出一种混血性、混沌状。她能把那些看似完全不搭甚至相互矛盾的东西都吸纳进来和聚拢一起,如谦恭与嚣张,高傲与卑微,粗俗与实诚,尖刻与调皮,达观与矫情,柔美与凛冽,等等。这一切由她的随心所欲的感觉熔铸一炉,从她那倜傥不羁的笔下倾泻而出,就自然地汇成了泥沙俱下的生活流,天然地形成了良莠不齐的原生态。因之,她的浑象叙事,她的浑朴语言,并非技有不能,力所不逮,而是无意雕琢,刻意为之。她在"自序"里曾经说到,"好小说一定是在民间的",并明确告白人们:"我所向往的日常生活,应该是街头巷尾的,打情骂俏的。"这种意图她在实际写作中实现得如何暂且不论,而它比较切近我们早期的明清小说的起根发苗,却是不争的事实。这样的一个写作立足点,值得首肯,应予尊重。

从现有的几部作品看,米米七月正处于文学写作的青春爆发期。她年纪不大,历练不少;作品不多,争议不少。这些都使她有感要发,有话可说。在她那急不择言、钗横鬓乱的叙说中,人们不难感觉到一种自我宣泄的强烈欲望,更不难感觉到一种为粗服乱头代言的明晰心志。这就使这个刚刚出道不久的新锐写手,有了混合着一些缺点的自我特点,有了链接着底层人性的突出个性。这样的一种内在追求,或可有助于人们理解她何以几改书名最终把这部作品定名为"肆爱"。因为她欣赏这种既尽力又无忌的肆爱,她乐于这种既放达又惬意的肆写。可以说,这种个性张扬又充满自信的文学写作,显然是存在着很大又很多的可能性的。因之,米米七月的小说写作,确实可以寄予厚望,值得人们抱以期待。

暧昧的况味

——鱼人二代的《很纯很暧昧》简说

鱼人二代的长篇小说《很纯很暧昧》，我最近有时间就去看，但怎么看也看不完。结果一查字数是400多万字，要看完大概还得一个星期。一部作品没有看完，确实不好评头论足，但是对于网络小说来说，我觉得看一半也可以评说。因为主要的故事都有了，主要的情节展开了，主要的人物有形了。据说这部作品在网络上点击量很高，看进去以后也确实觉得好看。作品通过一个名叫杨明的高中生的诸多奇遇，书写了一个高中生的青春往事。作品的类型带有跨界性，一开始我以为是以中学生生活为主的校园小说，后边又觉得可能是有关异能的灵异小说，再往后又觉得应该是一男对数女的言情小说。再往后看，里面还有很多对社会边缘状态与边缘人物的描写，甚至跟黑道还有某些关联，因而又有些黑幕小说的元素。总之，鱼人二代的这部小说，各种生活层面与人物类型应有尽有，很难单一从题材上做出判断，明显地具有一种题材类型上的综合性与混血性。这些多因性与多维性，大概正是这部作品能够吸引不同层次的人群去关注的重要原因。

这部作品我印象最深的有两点。首先一点是，作者确实会编织故事,而且是编织引人故事的一个高手。他写的与杨明有关的故事,都是贴近着人生的实际和人性的现实,并不是胡乱瞎编。杨明这个主人公,除了获得过一个具有透视功能的眼镜,在社会生活中就是一个普普通通的人,甚至从学习到恋爱,都并不顺遂。这个人物呈现出来的性格,也是在成长中充满杂质,好强又虚荣,重情又好色,他的苦涩又欢乐的青春,都跟自己的性格与性情、优点与弱点密切相关。作者没有游离人物编织故事,而是紧贴着人物,写他的磨难,他的历练,包括为弱点所累,为性格拖拽,等等。诸多小故事和小情节,写出了杨明这个人物成长过程中的酸甜苦辣与喜怒哀乐。尤其是作品里面写到的他跟很多女性的情感纠葛,大概是这部作品最为出彩的地方,他先是喜爱女同学陈梦妍,又暗中觊觎女老师赵莹,之后又搭识上小美女蓝凌,间或还与林芷韵、孙洁、周佳佳等揪扯不清。无论遇到什么麻烦,总能柳暗花明,虽是学生一个,却也"妻妾成群"。这样的人物,这样的故事,不只是接地气,而且也有人气,因为他把一个学生的生活,在现实的基础之上,充分地浪漫化了。

  作者在叙事的尺度上,既有劲道,又有味道,分寸把握得相当好。许多方面的描写,不说游刃有余,也是恰到好处。比如感情方面,要是再过一点,那就色情了,但是他没过,始终缘情写性,诉诸意识。杨明跟人有很多打斗,以小博大,险中取胜,这些描写要是再过一点,就接近暴力了,但是他没过。还有一些地方,如果把灰色的地方写多了,作品会显得灰暗,但是他也没过。这些难于把握的地方,他都很好地把握住了分寸。他把杨明这个人从青涩少年到情窦初开的男生的那种状态,包括对未知世界的好奇,对神奇力量的向往,对青春美女的爱恋,乃至对放达异性的意淫,都写得淋漓尽致。作者把这个人物写实了,也写活了,而且在叙事中又布满种种小悬念,这都不能不引人引领疾读,惑人探知究竟。

另外一点,也是重要的一点,是有关"暧昧"的意趣。这个作品的名字叫"很纯很暧昧",我觉得"很纯"是虚晃一枪,"很暧昧"却是名副其实。"很纯",只是杨明少时的某些状态,他更多的时候是身陷"暧昧",利用"暧昧",玩味"暧昧"。我们这个时代如果要拿一个什么词语来概括流行情绪上的特点,我觉得只有"暧昧"二字最为恰切。这个时代从社会生活到人际世界,都越来越不单纯,历史的、政治的、经济的、文化的,种种动力交织着推动社会生活向前发展,社会产生了很多新的关系、新的领域、新的交集。这都使得我们今天无论是从社会生活形态来看,还是从感情世界来看,很多地方是不断走向暧昧,又从暧昧开始分离。有时候,人们的意愿、意念与意欲,在过于分明的境况下很难得到实现,但在暧昧的环境与状态下,就可以暗度陈仓,浑水摸鱼,甚至心照不宣,相互默许。暧昧既是模糊状态,也是越界情态,正因氤氲不明,模糊不清,方可借题发挥,逢场作戏。作品里的杨明,其生活状态很多时候是暧昧的,他有时候是在校学生,有时候又是一个江湖术士,有的时候又是市场掮客,更多的时候是情场浪子。这个人身上充满了不确定性、跨界性,乃至僭越性。他在学校里跟女同学好,虽然涉嫌早恋,却也不悖传统观念,但他总是跟女老师调情,这就很有背德之嫌。之后,他脚踩几只船,跟不同的女性都有暧昧关系。可以说,杨明在个人情感上,总能如鱼得水,是他充分利用了暧昧,内在地掌握了暧昧,使自己在暧昧中放任自流,得寸进尺,实现了许多在常态之下难以实现的小向往。还有,作品在许多生活形态与人际关系的描写上,都注意描画暧昧的状态,营造暧昧的情趣,使得暧昧成为作品中最为常见的生活主题。如果有时间再写评论的话,我想就"暧昧"两个字的意味,对这部作品好好地做一番评论，比如他对暧昧做了怎样的运用，怎样的解读，包括对我们今天有什么意义，等等。这种对于暧昧的浓墨重彩的描写，可能是这部作品的一个很大的特点。

要说作品的不足，我还未及仔细梳理，只谈两点突出的感受。网络文学有一个很大的毛病，是文字的不够讲究。这部作品的叙述文字，前面还不错，写得从容不迫，读来颇有味道。但到后边，就有一种急匆匆的感觉，有的时候文字不太讲究，缺乏推敲，有些词我估计作者也没有在意，比如把"势利"写成"势力"，而且用在小标题上，显得很扎眼。网络文学在文字上，有的时候不精雕细刻，这不是鱼人二代一个人的问题，很多网络作品都存在这样的问题。还有一个问题，是这个作品篇幅过大，字数过多，400多万字。首先要佩服作者确实有400万字的东西可写，哪怕是饶舌饶出400万字，也确实是一种能耐。但是，反过来说，你有没有可能用40万字的篇幅把《很纯很暧昧》写出来，有没有这种能耐？我觉得文学的表现方式，并不是以大见大，以多见多，它的基本特点是以小见大，以少见多。在文学叙事的简约与凝练上，网络文学好像有些反其道而行之，字数都普遍过长。网络小说的写作与阅读有两个特点，一个是写作的不断更新和接续性，一个是阅读的持续跟踪与互动性。因为这种更新与接续、跟踪与互动，过程本身就显得十分重要，所以过程本身造成了作品的冗长。这确实与网络小说网上写与网上读这种方式有关。除此之外，是不是还有别的一些原因，比如背后是不是还有赚钱的欲望和资本的力量在主导？作者自己想通过更多的字数来赚一些阅读量，挣更多的稿费？网络公司也想以更长的作品拉拽读者，以攫取更多的利润，包括影视、游戏、动漫其他的环节也希望有人气的长作品多一些，相应地也跟着获点利，赚点钱？也就是说，篇幅长的背后，是非文学的因素在起作用。作为一个文学的写作者，在写作上能不能向这样的非文学的东西说"不"，用文学的元素、文学的方式来写作，而不是去屈就资本的力量和网络的方式，这对网络作家来说，已是一个要认真面对和郑重反思的严肃问题。

从《很纯很暧昧》这部作品来看，鱼人二代的小说写作是有特点的，我是很看好的。他的作品有很多传统文学和经典文学的元素，有着向传统文学走近与靠拢的可能性。我所期待的，是作者能不能写出同样好看的篇幅短一点的小说作品，比如三四十万字的长篇，或者三四万字的中篇，如果这样你也可以写得很好，那就是你超越网络写作走向成熟的标志。

最后我想表明，因为我们的文学熏陶与本职工作的原因，我们的文学观念，我们的批评态度，都是偏于传统的，与网络文学明显有别。所以今天跟大家在一起研讨作品，实际上是一次不同观念的对话，通过这种对话，表达来自传统文学的某种观点和看法。我认为这种方式，也是网络文学在与传统文学的互动中不断走向经典化的过程，同时也是传统文学在与网络文学的交流中不断刷新旧有的观念和形态的过程。

小中见大　平中有奇

——评辛夷坞的长篇新作《浮世浮城》

以学术著作营销为主的北京三联书店门市部，常常会在显眼的位置摆放一些近期流行的文学图书。我每次去看，都能在其中发现"80后"女作家辛夷坞的一些小说作品。不久前，阅读纪文化公司老总侯开寄来辛夷坞的新作《浮世浮城》（江苏文艺出版社2011年4月版），说写得很不错，要我一定抽空看看。我遵嘱阅读，孰料一开读就欲罢不能，读过后仍意犹未尽。青春文学作品既具人生之广度，又具人性之深度；青春文学作家既有介入现实之锐气，又有心娴手敏之才气，这很难兼得，并不多见，因而让人出乎意料，令人格外惊喜。

辛夷坞先后以《致我们终将逝去的青春》《原来你还在这里》《山月不知心底事》《许我向你看》《我在回忆里等你》等小说作品，在青春文学领域里开创了"暖伤青春"的写作倾向，并因此赢得"新感动天后"的美誉。但《浮世浮城》这部作品的写作与推出，在一定意义上成了她的小说写作走出"暖伤青春"的一次转折，也即有力地超越了青春文学已有的恋情与成长的通常范式，直指当下时代的世态浮躁及人们的内心波动，并使作者自己从流行小说或类型文学作家的营垒之中,成功地突围了出来。

《浮世浮城》围绕着女主人公赵旬旬的意外情变与莫名婚变,有三条情感线索交织纠结、交叉演进。一条是亲情线:父亲"神棍"、母亲"艳丽姐"及母亲改嫁之后的继父曾教授和继姐曾毓。一条是爱情线:丈夫谢凭宁,以及公公、婆婆等。还有一条是私情线,即谢凭宁的远房小姨邵佳荃及未来的小姨夫池澄。这最后一条线索在故事叙述中由隐到显,渐成主线,甚至成为燃爆赵旬旬的婚姻围城与生活现状的一根导火索,使所有的情感关系都发生了异变。让赵旬旬始料未及的,是那个按辈分该叫小姨的邵佳荃,原来是一新潮的妙龄女郎,而且与丈夫在数年前有过一段逾越常情的恋情。更让她猝不及防的,是邵佳荃的男友——所谓的小姨夫池澄,是比自己还小三岁的翩翩帅男,而且从接机开始就对她明显地表露出说不清是歹意还是好意的热情。当赵旬旬对丈夫与小姨的情感现状不无疑惑时,那个池澄却由借钱买内裤、暗中跟踪等手段,跟赵旬旬越走越近。当她还在纳闷"为什么不知不觉间变成自己和池澄暧昧得不欢而散,真正的麻烦反而丝毫没有解决"时,一个更大的麻烦又接踵而至:赵旬旬抱着窥探丈夫与邵佳荃的心思受邀来到池澄所住的宾馆,而池澄趁着无人便脱衣褪裤,要强行亲热。正当此时,邵佳荃与谢凭宁先后回到宾馆,本来想抓别人一个现行的,反被别人抓了自己的现行,不仅百口莫辩,而且授人以柄。之后,不想解释、不愿道歉的赵旬旬,只好选择了离婚。几乎净身出户的赵旬旬,既要找住处,又要找工作,万般无奈之下,进了池澄任职老总的尧开公司,又跟池澄有了无可回避的交往,及至一同去往明灯山庄时被突来的冰雪困在了谷阳山,濒临绝境。至此,这个蹊跷的故事才真正显露出其复杂的内情,那就是当年婚前的赵旬旬曾被继姐曾毓拉到某会所去逍遥,在那里有一次酒后买欢的"一夜情",而那个曾与她肌肤相亲的年轻男人,正是这个池澄。此次遭际让池澄难以忘怀,一是他确实对赵旬旬有好感,二是赵旬旬用以买欢的四万元正是赵旬旬的神棍父亲从他病中的母亲那里骗走的,三是因为池澄的紧追不舍,赵旬旬的父亲才在慌不择路时出了车祸而身亡。老一辈的冤冤相报,后一代的风流情债,新老两辈的相互伤害,就这样叠加一起,结成心病,使他难以释然。看似没有什么勾连的赵旬旬与池澄,实际上情仇交织、爱恨交加,而两个人明里的口舌之争,暗里的相互较劲,终由谷阳山上的遇险、受伤和治疗,及这一过程中的摊牌、交底与倾诉,慢慢地化开,两人逐步解开了心结,并在试图分开之时,选择了拥抱:"他们之间或许还有许多没有解决的问题,但谁都不愿意先把手松开。"

在这个爱里有恨、情里藏仇的故事里,撇开种种客观因素不说,单就主要当事人池澄与赵旬旬而言,面临的就不是一个小问题。怎样看待过去的恩怨,如何处理眼下的矛盾,对于年轻的他们都是严峻的挑战。因此,他们的不打不成交的奇特故事,与其说他们是在以制造麻烦的方式解决问题,不如说是以相互伤害的方式相互走近。他们需要解决的问题与矛盾实在太多了。这里有他们自己的问题:赵旬旬的健忘、过度敏感以及过于自信背后的高度自我与极不自信,池澄的挟私报复、笑里藏刀,以及自视过高背后的对谁都不信任、不放心。这里还有与他们相关的亲人与前亲人的问题:亡夫之后,"艳丽姐"的生活怎么着落?离婚之后的谢凭宁因对赵旬旬抱有希望仍在苦苦地等待,与池澄分手后并未与谢凭宁牵手的邵佳荃还在待字闺中,找了无数男人的曾毓因没有合适的对象依然单身,池澄仍然深陷于尧开公司的派系斗争难以自拔,等等。如许的矛盾,成堆的问题,要一个个去解决。当然解铃还须系铃人,好在旬旬与池澄在相互交底的剖白中,既宣泄了怨气,又释然了心结,同时还反省了自己,使他们之间的问题解决。有了来自当事人自身的某些醒悟与良好转机,这种略显光明的尾声,无疑让人看到了希望,因而也倍感欣慰。

在赵旬旬与池澄的故事叙述里,作者很好地运用了欲扬故抑、简中孕繁的手段,而且不露斧迹,浑然天成。这种叙述艺术的营构与妙用,尤其是赵旬旬的谨言慎行又欲益反损,池澄的涎皮赖脸又得寸进尺等,使作品充满一种欲言又止的引力与渴骥奔泉的张力,使人因欲知究竟而欲罢不能。而这种引而不发、欲擒故纵的叙事,获取到的最好的效益,无疑是既充分展示了以两位主人公为主的作品人物的各自性情,又深刻揭示了作品人物尤其两位主角的内在人性,使得他们在相互的博弈与角力中,既毫无掩饰地揭露着对方,同时也毫不设防地显露着自己,从而达到一种人性的拷问与人生的自审。赵旬旬与池澄从一开始的"口舌之争",到之后的身心较量,便是由相互交往到彼此解读的一个渐进过程。当一切伪装都撕掉,一切恩怨都化解,各自都以赤裸的人性相对之时,他们都更为真切地看清了对方,也更为深切地了解了自己。那个终于出现的两厢情愿的身体的"拥抱",说到底是两心的相知和两性的磨合。毋庸置疑,着意刻画人心、重在探测人性,是这部作品最为动人和启人的地方,也是这部作品最有价值之所在。

辛夷坞不独善于编织动人的情节,精于描绘对峙性的细节,并以此来推进故事和塑造人物,她还长于运用辩论性语言组织人物对话,尤其擅于使用戏谑性文笔来解嘲与反讽,使文字表述亦正亦谐,亦直亦曲。前者如:池澄在曾教授家门口遇到赵旬旬时问她:"你还在怪我?"赵旬旬答道:"我不怪你,就算你是大头苍蝇,也只怪我是只有缝的臭鸡蛋——你看我干什么?"池澄低笑作答:"我在看你这鸡蛋上缝隙有多大,我叮不叮得进去。"后者如写到重新找到工作机会的赵旬旬竭尽全力地工作,"每天早出晚归,忙忙碌碌——用艳丽姐的话说,不知道的还以为在为国家研究火箭。"再如写到在曾教授婚礼上,不请自来的池澄与赵旬旬打招呼时被曾毓看见,没有让自己的男友连泉前来的曾毓不满地对赵旬旬说道:"饿死胆小的,撑死胆大的,早知道我也不用拒绝连泉的好意,奸夫能来,炮友怎么就不能来?"如许的对话与语言,凌厉而诙谐,矫情又爽快,给整个作品平添了一种文野兼备、雅俗共赏的艺术品位与生活趣味。

  辛夷坞由《浮世浮城》一作表现出来的把握生活、体察人性的高超能力,讲究叙述、操控语言的不凡才情,是令人惊异又叫人欣喜的。不说在以"80后"为主的青春文学作者群体中,就是放到当下整个的青年小说作家队伍中来看,辛夷坞也以其写法的自出机杼和笔法的别具手眼,当属卓尔不群和令人刮目的。这样的"80后"作者,委实屈指可数,不可多得;这样的作者的小说写作,显然值得期待和可寄厚望。

让人惊悚的荒诞

——读慕容雪村的长篇新作《伊甸樱桃》

此前,读了慕容雪村在网坛内外影响甚大的长篇小说《成都,今夜请将我遗忘》,改变了我对网络小说大多偏于低俗的既定看法,也对作者有了他善于以鲜活的故事表现迷离的都市和迷茫的人生的印象。因而,拿到他刚刚出版的长篇新作《伊甸樱桃》(中信出版社2005年10月版),仍然抱着这大概又是某个都市"今夜"故事的阅读心理,但事情就是那样的出人意料。这部《伊甸樱桃》虽然读来依然引人入胜,但故事从当下现实起步之后,一路就顺流而下地走向了荒唐与荒诞,而这荒唐与荒诞竟在精神层面又格外地真实与真切,让人觉得这一切就像是在身边发生过或正在重复上演着的日常的人生活剧。

一文不名又渴望改变人生的小青年"我",在一家小饭馆邂逅了为人低调又行动诡秘的神秘大款"他",由接受他所送的一支"万宝龙"笔开始,生发出一连串的生活故事,带来了一系列的人生变故:因为公司老板认出了"万宝龙"笔的非比寻常,便对他的来头大生怀疑,不由分说地辞退了他。当总不顺遂的他知道这支笔的主人还拥有"宾利"轿车等巨额财富之后,又生出让"他"适当接济自己日见窘迫的生活的想法，但"他"总以种种方式予以婉拒。后来，在势利的女友和媚俗的表哥的撺掇之下，"我"又进而想依傍"他"脱贫致富、改变命运。摸清了"我"的向往望与想法的"他"，顺应着"我"的心理作了精心的安排，让"我"走进了一个旷世豪富才能享受到的极乐世界：在世贸大厦、贝奇行宫、绿柳庵堂、悟空斋等地，遍享了绝世美女、稀世珍宝，直至人皮做的马甲、胎儿熬的春晖汤、人乳做的贵妃酥、处女血做的祝寿酒，"我"由惊喜到惊愕，再到心安理得，沉浸于"味道好极了"的享受不能自拔，直到若干年后亡命于一场城市大火。

神秘大款"他"几次见到"我"，都会说"咱俩挺像的"。"我"总是很纳闷，觉得两人一点都不像。其实，"他"说的并非长相，而指的是相似的欲望和相近的命运。"我"后来从"他"的述说中得知，"他"便是那个因争夺家产失手杀死了哥哥的弟弟。饶幸活着的"他"，有用不完的钱财，因而极其富有。然而，"他"没有亲人，没有朋友，甚至没有生活的激情和人生的方向，因而又极其贫穷。"他"以过来人的身份给"我"营造的有钱人极尽奢华的享乐游戏，让"我"开了眼，舒了心，遂了愿，也让"我"以主演的角色切身体验了一场"贪心的报应"，从而也走向了"他"所走过的不归路。由走出生活贫穷的初衷，到陷入贪恋钱财的泥淖，这已经是一出悲剧了，而悲剧中的悲剧还在于，当你看清了事情的真相与可怕的后果时，你已经无力抽身、无法离去，只能眼睁睁地看着自己一点点地跌进物欲构筑的陷阱，一步步地走向钱财搭造的坟墓。

慕容雪村在《伊甸樱桃》里，看起来是写了两个主要人物，但无论是"他"，还是"我"，都无名无姓，甚至连生活的城市、活动的场所，都带有某种莫须有性。这个作品的真正主角，在现实层面上是钱，是那些由"路易威登""万宝龙""宾利""迪奥""劳力士"等名牌商品所标志的物质财富。在精神层面上是欲,是那种觊觎种种名牌、吞噬种种财富的强烈物欲。事实上,无论是"他",还是"我",都是被物化了的人,区别仅仅在于"他"已经处于人生物化的终端,而"我"怀着强烈的渴望正在物化的道路上行走。他们活在生活中,但实际上已被钱与欲先后异化,成为被物欲的绳索牢牢操控的木偶。他们为了钱财活着,为着钱财焦虑,为着钱财打拼,为了钱财死去,他们的人生是迷茫的,自我是迷失的。如此畸形变态的人生活生生地呈现于我们眼前,真是令人惊愕,让人惊悚,激人惊醒。

《伊甸樱桃》里所描写的"他"和"我"的故事,并非实有的生活不走样的写真,但人们并不怀疑其所具有的真实性。在市场经济的巨大影响和商业文化的强势冲击之下,我们的社会正面临着从生活方式到人生观念的巨大转型与重新构建。然而在种种变易与选择之中,更为强势的是顺应着物质丰富肆意膨胀起来的物欲文化,更为流行的是呼应着物欲文化日益成为定势的实利原则和势利观念。没富的想快富起来,富了的还想大富,大富的更想豪富,更为要命的是还大有从为富光荣向为富不仁的方向渐渐滑去的某些倾向。这些,都既是滋生诸如《伊甸樱桃》里的"他"和"我"的丰沃土壤,也给他们上演人生异化的悲剧提供了偌大的舞台。从这个意义上说,《伊甸樱桃》在其看来荒诞不经的故事之中,委实具有凌厉地直面现实的逻辑真实。

毋庸讳言,因为慕容雪村的这次写作带着深沉的反思和强烈的激愤,作品显然也带有比较显见的一定的概念化倾向,但作品又因有着许多来自生活的鲜活细节和有感而发的连珠妙语,保证了其丰盈的文学性和引人的可读性,使人读来时而忍俊不禁,时而凝神深思,到最后则陷入对社会、对人生、对人性的深深忧思和无尽反思而难以自拔。我感到,《伊甸樱桃》既是一部反思性的小说,又像是一部文学性的论著,它给人的心灵撞击与观念冲击是一般的小说作品所罕有的,从这个意义上说,《伊甸樱桃》是继《狼图腾》之后的又一部卓具观念意义的小说力作。

有意味　见胆识

——评雪夜冰河的长篇小说《无家》

未读长篇小说《无家》（陕西师范大学出版社 2007 年 7 月版）之前，对作者雪夜冰河不甚了解，读过之后，对其人顿生敬畏。这个并不怎么知名的年轻作者好生了得，繁复而厚重的内蕴，他表现得举重若轻。以小见大的技法，他运用得驾轻就熟。虽然作品在主人公的命名和一些具体描写上，不无粗野与粗俗之处，但却掩盖不住作品夺人眼球的异样光彩。

《无家》洋洋 70 万言，只写了没有大名只有诨名的老旦，皇皇 25 章，也主要是写老旦辗转于一个又一个战场。但就是这样一个并不起眼的人物，这样一些并不奇崛的故事，作者串联起了抗日战争、解放战争、抗美援朝、"反右倾"、"大跃进"、"文革"等一系列重大事件，侧面地又浓重地勾勒了现代中国深重的苦难与艰难的演变，并探寻了历史与个人、农民与土地等诸多重要的人生话题。

《无家》给我印象最为突出的，主要是这样两个方面：其一，通过老旦和他的战友的殊死拼搏，正面而又充分地表现了中国军人的英勇抗战；其二，经由老旦这个人物的种种遭际，形象而深刻地揭示了中国农民在一个时期难以自主的悲剧命运。

这些年有关抗战题材的写作中，描写国军抗战的作品开始出现，但多限于纪实类作品，在小说作品中并不多见。《无家》在这一方面，虽非空谷足音，却可谓披坚执锐。刚刚成家的老旦稀里糊涂地参了军，懵里懵懂地上了战场，而每场战斗都是生死劫、鬼门关，这让这个单纯又实在的青年农民，渐渐地增长了经验，更焕发出斗志。他抱着"平安回家"的愿望，喊着"跟我宰日本猪"的口号，冲杀在一个个战场上。从松石岭"置之死地而后生"，到战常德，虎贲雄师逞英豪，老旦从不把生死当回事。他和他的战友们也以血拼到底的气概，在抗日战场上显现了中国军人应有的风采。作品以浓墨重彩的笔触描述常德保卫战，写出了身为连长的老旦杀鬼子奋不顾身，救战友义无反顾，写出了国民革命军第57师官兵顽强抗击日寇，战斗到弹尽粮绝，直至几乎全军覆没的举世壮举。这样的悲怆场面，残酷得惊人，也真实得感人。人们从中看到了面对日寇铁蹄的践踏，由国军将士表现出来的作为中国人和中国军人的同仇敌忾和英勇无畏。应该说，这不仅是当时中国抗战的一个主要部分，也是战时民族精神的一个重要构成。把这一部分和我们所熟知的八路军、新四军的抗战组合起来，才是一幅全景的中国军民抗击日寇并赢得最后胜利的完整画卷。

《无家》还让人感佩不已的，是由老旦这个人物的人生辗转，揭示了中国社会的剧烈变动，以及中国农民在这种变动中的命运悲剧。从没有下过战场的老旦，一开始并非自觉，后来也谈不上怎么清醒。这个来自穷乡僻壤的青年军人和许多普通农民一样，对于人生的理解与向往简单而切实，"打完了仗回家种地"，"回家"是他最为基本的念想。但这样一个极其本分的愿望也是那么渺茫：打走了日本鬼子，他成了俘虏；经过改造之后，他成了驰骋在解放战场上的解放军战士；等到解放之后复了员，朝鲜战场重燃战火，他又被征召入伍，编入了38军，拼杀于抗美援朝战场。他常常会为一次次的人生转折找到说服自己的理由。转投解放军，他想起了孙中山说过的"顺应潮流"；重上朝鲜战场，他的想法是："俺本来是想回家种地，可部队需要俺去打美国鬼子，俺就来了。"身任志愿军侦察营长的老旦，带领战士们保住了阵地，拖垮了敌人，自己也瞎了一只眼，断了一只臂，昏迷中的老旦喃喃念叨"可以回家了"，但回家之后的老旦，虽然担任了书记兼村长，但遇上"反右倾""大跃进"，仍然是云里雾里，被动应对，先被打成"右倾"，后又遭到批判，最后落得妻儿暴死，家破人亡。想家，为家，回家，结果祸家，毁家，无家。老旦终究没有实现他那朴素得不能再朴素的个人意愿，"家"对他而言，仍然是那样的可望而不可即。从这一点上说，他的努力是惨淡的，他的人生显然又是失败的。

可以说，在老旦个人的命运演进上，其结局的苍凉与过程的辉煌，构成了绝大的反差，也使作品在这种反衬之中具有了一种奇特的张力，那就是面对国破家亡的危难，在你死我活的战场，一个寻常百姓如何激发出个人的血性，迸发出民族的精神，成长为一个威武雄强的铁血男儿。这种"逼上梁山"，上了"梁山"便是"好汉"一个，这种心系家园，为了家园拼死作战的平民，可以说熔淳朴、刚烈与坚韧于一炉，集牺牲、忘我与奉献于一身，以最为典型的性格代表了最为广大的农民的形象。但反思老旦的命运，回望老旦的一生，却让人觉得他始终被一个又一个的潮流裹挟着，他"回家"的愿望一次又一次地被阻碍和打断，乃至在和平年代仍在没有硝烟的战场上疲于应对，最终无可挽回地走向家破人亡。人们为之唏嘘，为之扼腕，当然更会揣摩和思忖这样的问题：历史如何善待参与历史书写的人们，社会如何善待推进社会发展的平民？这些问题看来都属"天问"，但却自居其意味，不无其意义。一个普普通通的老旦的一生，既折射出一部雄浑多变的现代军史与国史，又引申出如许偌大的问题让人思索不已，这便是《无家》这部作品不可小视的价值之所在。

职场小说的可喜力作

——读《浮沉》有感

知道崔曼莉写了一部名为《浮沉》的职场小说，并且在网络上甚为流行，但却一直没有时间去赏读。这次在出书之前，我抽空拜读了《浮沉》，几乎是一口气读完，读的时候酣畅淋漓，读过之后颇感意外。

我所了解的崔曼莉，似乎并没有多少外企工作的经历与经验，她此前的小说写作，也主要限于当下都市男女情感的种种纠葛。但她这次不仅写出了以外资企业的白领女性为主角的职场小说，而且还写得那样的真切感人，生动引人。这实在不能不让人对她刮目相看，甚至为之惊叹。这既说明崔曼莉是生活的有心人，善于观察和把握自己不一定熟悉的生活，也表明她长于用艺术想象弥补自己的不足，有着很好的编织故事的能力。

《浮沉》这部作品，给人印象最为突出的，当然还是乔莉这个正当青春的白领女性在外企职场上的打拼与成长，以及由此表现出来的她的追求与个性。这个长相漂亮又生性聪慧的女生，从进入职场开始，就把在实践中学习、在学习中实践放在了首位。进入赛思集团公司，她在无足轻重的前台工作了三年多，在这个毫不起眼的工作岗位上,她在认真完成分内工作的同时,细心钻研公司的相关业务、用心研究公司的发展走向,为后来进入销售部大展拳脚作好了必要的铺垫,积累了宝贵的经验。而在已离职的老总程轶群的推介下进了销售部之后,她不仅事事兢兢业业,而且处处知难而进。她既要琢磨如何与男女同事和谐相处,如何与直接的或间接的上司合作共事,还要学会如何做好销售公关,以及如何应付如方卫军这样的无良男性软硬兼施的性骚扰。她从父亲那里获取过指导,也从同事那里获取过支持,但使她从容面对一切新任务和大难题的,还是依靠自己的本色做人,本分待人,以及与此相融合的聪慧过人。这使她不断获得上司的信任,同事的支持,终于在高手如云的销售领域逐渐站稳脚跟,被委以与晶通公司联系业务的重任,成为公司不可或缺的一员。她变得精明、能干又强劲起来,知识与经验的增长是一方面,心理与精神的历练是另一方面。可以说,自信、自立、自强,清晰而有力地勾勒出了她的成长进步之路。

乔莉的成长进步,既得益于她自己的聪明睿智和不懈努力,又得益于她所置身的环境的苍黄翻覆和波谲云诡。外资企业尤其是大的外资企业在一般人眼里,员工多是帅男靓女,西装革履,工作多是文案企划,会场饭局。殊不知,在中国的外企既有国外的规矩,又有本土的特色,在涉及商业机密与经济利益时,也一样地你争我斗,硝烟弥漫,甚至无所不用其极。如乔莉所在的这个赛思集团公司,出于公司自身的发展和上上下下的业绩需要,一定要拿到晶通公司的技术改造项目,既要与另一家外企公司明争暗斗,又要与合作对象晶通公司斗智斗勇。作品里描写的晶通公司的王总与于总相互之间的暗中较劲,于总利用双方的争夺从两边索要高额美金,为其个人大谋私利等,把职场如商场、商场如战场的实情,表现得可谓既淋漓尽致又触目惊心。这样的在文雅外衣掩盖下的职场厮杀,既给乔莉这样的新人提供了一个历练自己的绝好舞台,又给人们如实地揭示了中国的外企与国有大型企业在发展中存在的种种问题。而这些描写,又构成了作品的另一重要内容,使整部作品在看似轻松之中,让人逐步领略到难言的沉重,进入无言的沉思。

从我的阅读期待上说,读《浮沉》,也有一些感到不足甚至是比较遗憾的地方。比如,刘明达很喜欢乔莉,而乔莉更喜欢部门经理陆帆,这种或明或暗的情感纠葛,既是表现乔莉独特性情的另一条线索,也是作者崔曼莉的拿手好戏。但整个来看,这些部分的描写,作者既用心不多,也涉笔不细,显得影影绰绰,云里雾里。还有个别人物的塑造,多少有些脸谱化,如乔莉的女友瑞贝卡等。这些都使作品在人物情感世界的透析上,显得不够细致和细腻,因而减敛了不少应有的内在魅力。但由这部《浮沉》,崔曼莉却表现出了她不为人知的另外一面,那就是处理复杂关系和驾驭矛盾冲突的才力与腕力。这对于她创作的拓展和今后的发展,无疑又是重要的。

职场小说属于类型小说之一种,此类小说通常很难在热闹之余再给读者多留下些什么。但《浮沉》却与此不同,确实做到了既好看又耐看。在怎样写好职场小说这一方面,崔曼莉自己做了一次很好的尝试,也给此类写作做了一个很好的示范。

这样的职场小说,值得文坛关注,值得读者一读。

迷局相连的背后

——评无意归的《杀梦》

我想在评说无意归的作品之前，先谈谈并赞扬一下广东的网络文学写作和网络文学评论。广东涌现出很多有影响的网络作家，在创作阵容上比较整齐，整体的实力可能仅次于浙江。广东的网络文学发展得很快很好，跟广东作协重视网络文学的人才发掘与培养很有关系，这其中就包括网络文学院与网络文学评论所起的作用。尤其是广东作协创办、杨克主编的《网络文学评论》，在网络文学研究与发展中有开创性意义。网络文学从写法到样式，都品类繁多、不一而足，需要一份评论性的杂志来做遴选与评说工作。我认为包括类型文学在内，网络文学需要有一个经典化的过程，或者说要按照文学的规律、文学的方式来提升网络文学自身的品格和高度。这个工作光靠网络写作自身是不行的，还要靠它和严肃文学板块的互动。所以网络文学评论所起的作用，就是通过评论的方式，促其不断提高与更好发展。从现在来看，这份《网络文学评论》，既是关于网络文学研究的一个平台，也是向外界推介网络文学的一个窗口，同时也是创作与评论，网络文学和严肃文学，或者传统板块和新媒体板块之间沟通与互动的桥梁。所以从这个意义上讲，它的地位与影响都很重要。如果说广东网络文学创作是全国网络文学创作的一个重镇的话，那么广东的《网络文学评论》就是全国网络文学评论的一个前沿。这个杂志我每一期都是从头看到尾，从里面可以获得很多信息。要向编办这个杂志的文学同行表示谢意与敬意。

  对于网络小说，我没有经常关注，了解得也不很系统，虽然有时参与评奖，或研讨作品，也截长补短地在看，但是没有整体性地了解和把握。在惊悚或悬疑这个类型系列，号称这个领域的"大神级"的作品，如九把刀、蔡骏等人的作品，都看过一些。无意归的这个作品《杀梦》，故事编织得好，文字表述也很见功力。有网友说，他的这个作品在悬念的设置上，很像是俄罗斯套娃，一个套一个，拿出一个还有一个。这个说法确实很有道理。他写的是在乱坟岗上有一座楼，整个楼里只有三户人住着，三个住户都比较诡异。作品开始的叙事视角，是站在满竹这个人物的角度上的，他觉得楼里经常发生诡异之事，可能与另两位住户不无干系，他先怀疑住在203的美女朱晴，后来又怀疑住在602的柳云深。主动来找他搭讪的朱晴，先说这个楼的风水有问题，后又说楼上的柳云深在觊觎她，而柳云深的说法则完全相反，言之凿凿地认定一切都是朱晴搞的鬼。这两个人分别向他传达了不同的信息，又分别在暗中监视他。在这个相互猜忌又相互博弈的过程中，不断有血尸出现，不断有人死去。随着故事的进一步发展，人们才发现，这个满竹才是藏在幕后的真正凶手，他自以为自己是死亡判官，用将计就计等手段，将朱晴、柳云深一步步引向死亡。进入故事的后半部分后，人们发现满竹也不是掌控一切的凶手，他背后还有一个人，叫戴盏，那个人设局掌控了满竹，找到了香樟树下埋藏的宝藏。当他就要得手的时候，又有黑衣人夺走了宝藏，所有的人都在过程中死去，结果又被神秘来者截获，什么都没有得到。整个作品的故事，环环相扣，迷局相连。从编织故事的能力上讲，如果没有超常的想象力与超强的表现力，是很难编排出这样引人入胜的故事的。他常常会从现实性立足，从日常化入手，但又从日常走向异常，从现实走向幻境，包括人杀猫，猫杀人，尸还魂，树流血，等等，可以说，用尽了各种各样的惊悚手法。

我觉得无意归对这部作品的故事营构与结构布排，确实娴熟得让人为之惊异，但是我觉得更值得关注的，是作者在这种故事编织中，努力写好不同的人。这几位特异的住户，既是高智商，又是一根筋，他们认定一个东西，就会全力以赴，必欲实现，他们企图置别人于死地，根本不靠手上的凶器，完全是靠脑子出招、靠智力博弈。与此同时，作品又写出了智力博弈背后的人性变易。从人性表现上看，他们几位都是病态与变态的，这种病变有各种各样的原因，有的是因为杀子之仇，有的是因情生仇，有的是旨在报复，有的是因为贪图宝藏，等等。这些不同的利益、不同的欲望相互交织在一起，就构成了激烈的碰撞与殊死的博弈。这里实际上就进入了对于人性的触摸，对人性变易的审视，而人性变易的后果，就是智力越高，越会变着法地置别人于死地，越杀人不见血。所以，整个作品看到最后，是关于人性变易的无情揭示，关于人性恶的深刻反思。

作品注重细节描写，并通过细节揭示不同人物各自的心理活动。这些心理活动，充分暴露了他们自以为是的偏狭个性与变易人性。包括满竹在内的几位主要人物，都有他们恣意妄为的理念与欲念，但这些理念与欲念，很多都是消极的、负面的，比如好色、贪婪、报复、嫉妒、偏执、逞强，等等。印象较深的精彩细节，如对美女朱晴以她那妖艳的外表恣意引动满竹，让满竹心猿意马难以把持的心态与情态的描写，把内在的情色博弈写得非常微妙。整部作品吸引人的，就是这种细节与情节，包括整个的文字、语言。我觉得作者有一种特异的才能，概括来说就是从容不迫写厮杀、满怀激情写无情。这种功夫比较特别，因而比较难得。因为类型小说有自己的要素，尤其是这种惊悚类型，跟别的类型不一样，有一些以张力引人的基本元素和特殊要求，在这一方面，无意归是有备而来的，是有自己特异的才情的。他的这部作品，跟这个类型里"大神级"作家的作品相比，有一定的距离，但差距并不大，称得上是惊悚写作方面的力作。但是从传统的文学观念来看，一定可以看出这部作品的很多缺点来。我以为，我们要根据惊悚这种类型的特点去看这部作品，如果脱离开这个特定类型去挑毛病，那这个作品与这个类型，干脆就不要要了，因为有血腥、有恐怖。从某种程度上讲，惊悚与恐怖的体验，也是人在阅读中的需求之一种，尽管这种需求可以说不怎么高雅，不怎么明丽，但它确实是需求之一。为什么有人写，有人看，有人喜欢，有人传播，是因为确实有这种需求。

用传统的文学观点来看，或者跟九把刀的作品比，跟蔡骏的作品比，《杀梦》这部作品在故事线索上、人物构成上，显得比较单一，还不够丰厚。在阅读感觉上，总觉得作者在行走独木桥，没有如履平地那样的倜傥。还有一个感觉是，作品在迷局的布设上，还是带有相当成分的游戏性特征。这是网络小说或类型小说写作的一个总体特点，就是跟游戏相关，或者带有游戏元素，甚至写完之后改编成游戏都是可能的。

还有，这个作品写人性的变易，或者揭示人性的阴暗，在这一方面很集中，很引人，但它主要的也就是审视人性恶，揭露人性丑，除此而外，没有别的更多的东西。所以看这部作品，会觉得其中的人物一个比一个恶，一个比一个坏，会给人一种较为悲观的观感。怎么在依照类型写作的艺术要求写好作品的同时，能克其短，扬其长，能够给人一种积极的阅读感受，这恐怕是我们很多网络作家需要去思考，或者需要去解决的问题。这不是一个小课题，而是很大的课题，也可能是一个需要破解的难题。我在这里提出来，供作者今后写作时思考与参酌。

魔幻文学的难得力作

——读《封神天下》(黄金卷)有感

对于近年来颇为流行的魔幻类写作,我一向不怎么感兴趣。究其原因,一是可能审美情趣里缺少一些浪漫的因子,二是也基本上没有读到过什么好的作品。有朋友推介说,柏屹、凤凰、冲田和金魔针合著的《封神天下》(黄金卷)很不一般,值得一看。我因排不出时间,又缺乏兴致,一直拖了下来。最近硬着头皮读了这部《封神天下》(黄金卷),不仅感觉颇为良好,而且还有两个"没想到",这在相当程度上改变了我对魔幻文学的既有看法。

一是没想到这部作品如此的大气、雄浑,称得上是以上古时代为舞台,上演了一部内涵丰沛的神魔大戏。《封神天下》(黄金卷)以《封神演义》为蓝本,但又完全不同于《封神演义》。它由"共工"和"祝融"的殊死较量拉开序幕,其后又写到他们各自的使者"通天"与"吕尚"的龙争虎斗,这就把主要发生于殷商时期的故事背景扩展到"创世时代",又在上古神话的崇"德"传统中添加了尚"力"的成分。作品中,商朝将士与东夷将士的全力鏖战,帝乙三个王子争夺王位的无情血战,"通天"与"吕尚"等神魔难分伯仲的幻影激战,构成了作品紧锣密鼓又波澜壮阔的主干情节。而各事其主又各具奇力的闻仲、黄飞虎、恶来、姜文焕，各带使命又各怀绝技的通天、吕尚、杨戬、龙吉等的轮番出场上阵，更使作品的故事历史与魔幻相伴，作品的形象人杰与神灵共舞，充满了繁复性与多变性。而姬昌的成功逃离朝歌，以及妲己的随姬发西去，又使得整个故事走向了新的波折，充满了未知的悬念。仅就这些简要的描述来看，《封神天下》可以说是把演义、神话与玄幻熔为一炉，把人、神、魔集于一台，当得起"大型魔幻史诗巨著"这样一个有分量的说法。

二是没想到柏屹、凤凰、冲田和金魔针四位作者，在携手创作中，表现出了如此卓尔不凡的艺术才情。四位作者，据说在网络文坛都相当了得，我之前却一无所知，但从他们的写作和完成的作品来看，委实都称得上是另类文学高手。首先是他们的想象与构思既超常又缜密，故事有所本又奇异靡丽，人物有来由又不主故常，而一些战斗场面的描写尤为精彩纷呈。因为对阵的主角不同，神力与法术各异，性情与角度有别，一场场征战与争斗，既是"力"与"力"的抗衡，又是"法"与"法"的对决，还是"德"与"德"的较量。这样的战事，真正构成了人们、神们和魔们的各施所长和各显其能的精彩表演。而无论是写战时的大场面，还是写平时的小场景，作者们的叙事都极其干净利落，语言也相当的精警凝练，既有着较强的表现力，又有着较好的感染力，文学功夫着实非同一般。

据知，《封神天下》还将有多部续作陆续推出，几位作者旨在由小说的"大制作"，打造上古的"新史诗"。而有关方面也相当看好这部"新史诗"，正在准备以此为蓝本，摄制大型中国魔幻电影的"新史诗"。这样的勃勃雄心，其实并不虚妄。我以为，他们偌大的愿望与追求值得敬重，他们恢宏的艺术成果也值得期待。

一部彰显文学功力的小说

——庞贝小说《无尽藏》

《无尽藏》这部小说确实是一部令人惊异的小说,我觉得它的文学品质极高,恐怕创立了一个历史小说写作的文学标高。我们知道这几年历史小说的风头基本上被网络小说抢夺走了,而在传统型严肃文学中,历史小说这几年一直处于萎缩状态。庞贝这个书出来之后真是让人眼前一亮,我觉得它可说的地方很多,给我们提供的看点很多,我简单地提示这么几点。

一是以真人为描写对象,同时写他们个人命运的谜团,揭谜,而且把个人的谜和时代的谜联合起来,这样迷宫式的布局跟结构,是小说写作里面非常少见的。而他写南唐特别合适,南唐确实有很多谜,三代皇帝共39年,在南方偏安了30年,却在文化艺术上取得了五代十国少有的成就。现在的文人回顾历史往往容易喜欢南唐,喜欢宋代,而南唐跟宋某种程度上算是一脉相承的关系。南唐确实有很多东西值得研究,但是写好不容易,因为史料比较少,所以他以真人为主前提下做了很多虚构、想象,整个作品结构上是谜团式的,情节跟细节又是故事性的。

二是这本书一开始就把它伪装成一本邻家后人的遗作,这样的话给读者第一人称或者说亲历者的感觉,在细部中又多了真实性和可信度。尤其是语言,包括诗歌、画,很多文人的情态、文人的情绪描写,我觉得是一般的作品所少有的,表现出了非常强的文史知识、人文情怀以及文学造诣,这些东西综合在一起使这本书非常耐读。

  这本书真是让我很意外,如果说这几年历史小说一直比较萎缩的话,庞贝这一部作品就把传统小说与历史写作软弱无力的状态完全扳过来了。这本书除了作为个人写作的重要成果,我认为它还给当下传统文学写作的历史小说注入了强心剂,而且他也开创了新的写法,即新派历史小说的写法,就是怎么样把现代手法跟古典的情绪体质结合起来写好。所以在这点上恐怕他给我们提供了新的可能性,今后的历史小说不仅仅是像二月河那样的写法,或者是穿越性的写法,还有庞贝的写法,而这个写法更文学,更留得下来,而且是教益更多的一种写法。从这个角度来讲,这本书不仅仅是一个作品,同时也彰显了一种写法,对我们整个历史文学创作有非常大的帮助。我觉得他同时也给我们提出了一个谜,庞贝以前写小说并不是很多,他写过戏,又搞新闻,但他为什么一出手就如此不凡,我觉得这是一个值得研究的现象。

悬念丛生又新意迭出

—— 简谈新科幻小说《脑控》

读郭羽的小说新作《脑控》,人们会很自然地把它与当下的科幻小说创作和作者此前的创作联系起来,做一些相关的比较。科幻题材创作,这些年已经出现了以人工智能为内核的作品,但《脑控》既有人工智能元素,又有悬疑元素,这种有机结合使得作品很硬核,很烧脑,可以说是硬核的新派科幻小说。与作者郭羽过去的作品相比,在悬疑与科幻两个方面都有较大的进步,可以看作是他的小说创作的又一次超越。

给我印象较为深刻的,主要是三个方面。

一是,故事与情节始终在悬念丛生中令人意外,并且写出了前台科研与背后人性的内在缘结。从陈辰出场开始,环环相扣的悬念相继引出夏楠、威尔、艾伯特、尤利西斯等重要人物,每一个人都有不期的险遇,又都有莫测的神秘,使得这些脑科学家在显现他们各自的个性与超人的异能的同时,也使主干事件与整个故事日益走向对于"谁更技高一等"的追溯。在这一过程中,实际上又把科研的多向性与人性的复杂性相互勾连起来,使人们看到推动和主导科研的创新与发展的背后的人欲与人性的内在因素。人性底里的"向善"

与"趋恶",人生操守的"小我"与"大我",实际上决定着不同的科研奇才的科研走向,乃至科研团队的最终走向。这里也就隐含了意识与精神、伦理与道德等更深层次的问题与意蕴。

  二是,作品并不着力于描写一两个主要人物,而是围绕一个个意外事件的追踪与破解,走马灯式地描绘了一群人物。在阅读作品时,人们会把陈辰当成第一主人公,把夏楠当成第二主人公,但随着故事的推进,人们发现,他们只是故事某一阶段的主人公,在其他阶段,还有其他的主人公,如威尔、艾伯特、尤利西斯、天百、陈琛母亲等。因此,可以认定这部作品并不旨在塑造某一两个主要的人物形象,而是在着力打造脑科领域有共同兴趣却又个性各异,都有超人异禀却又有不同取向的群体形象。他们的整体性特征,就是群策群力中各怀鬼胎,一句话,"道同""志不同"。

  三是,作品由纷繁的故事、诡异的悬念和复杂的人性,或显或隐地揭示出了一些值得人们深思与反省的问题。我对作品中的那张《比埃罗的诅咒》的唱片被注入超级流脑病毒的情节印象极其深刻,因为这既是神来之笔,也完全出人意料,仔细一想,又令人十分震惊。这种异乎寻常的邪恶作为,不禁让人对科技的某些创意与发展大为震惊,更令人对人性的严重扭曲大惊失色。天才与疯子的一念之差,精英与恶魔的一步之遥,由这样一些典型事例表现得淋漓尽致。由这样的描写,作品实际上提出脑神经科学、脑意识控制这样一些前沿科学研究的更大问题,那就是其终极目的到底是为自己,还是为人类,因而是为人还是害人等涉及职业道德与科学伦理的重要问题。

  从我的阅读期待出发,我原本还想看到一两个在科研创新上锐意进取又在精神层面上十分正面、血肉饱满的富有时代新质的新人形象，但这样的形象在作品里并没有出现，陈辰在作品所聚焦的故事里时隐时现，而且整体上处于被动应付的状态，显然够不上。我认为，这可能是这部作品的一个明显不足。因此，我期望在今后作者的创作中，能让我的这一阅读期待得到一定的满足。

总之，《脑控》既是当下科幻题材领域里的一个重要收获，也是作者小说创作上的一个新的重大进展，理当表示衷心的祝贺。

网络文学的成长簿记

——读马季的《读屏时代的写作：网络文学 10 年史》

无论是从 1995 年的"水木清华"网站建立 BBS 算起，还是随后的"榕树下"文学网站的登场亮相算起，依托于互联网，生成于文化、文学网站的中国网络文学，已有 10 年多的发展历史了。但是，有关网络文学发生与发展的整体考察与走势跟踪，在文学批评与研究领域里却难得一见。究其原因，一是具体从事网络文学的人们比较缺乏宏观把握与理性梳理的功力，二是主流文学批评领域里的人们又对网络文学缺乏切实的了解，甚至缺乏应有的热情。因此，在这样两不相顾的情形之下，有关网络文学的宏观考察与深度审视，就这样被搁置下来了。身处主流文坛又长期关注网络文学的马季，给我们及时弥补了这个不应有的空缺，他积多年来对于网络文学的观察与追踪，并从主流文学与网络文学衔接的视角，撰著了一部《读屏时代的写作：网络文学 10 年史》，向人们报告了网络文学的生成与发展、现状与前景、矛盾与问题，把网络文学作为当代文坛新生板块的必要性与重要性，都更为清晰而突出地显现了出来。

我觉得最引人注目或很值得称道的，是作者马季在这部论著里所表现出来的严肃认真的学理态度与双向交叉的研究视角。他没有带着什么既定的看法,也没有预设什么先验的立场。只是从一个研究者的身份和旁观者的角度,去搜集信息、梳理资讯,在获得比较充分的资料和了解全面的情况之后,再来条分缕析和论述阐说。而他的视角,也选取在了主流文学与网络文学的交叉点上,多从传统文学与网络文学比较的角度,讲其异同性、互补性,这样的一个姿态和视角,就使得这本论著在述中带论、论中见史上具有了多重的价值与多样的功用。

其一,它对中国网络文学形成过程的追根究底和探赜索隐,使得这部论著首先构成了网络文学自身发展的忠实记录。网络文学并非一蹴而就,它经历了一个从无到有、从小到大的发展过程。在开首第一章里,作者马季就给人们详细描述了它的生成之起始和成长之沿革:它最早是在海外留学生网站和中国台湾网络写作的影响之下,由一些文学频道、文学网站逐步演化而来。一些门户网站的网络文学评奖,以及一些主流作家的不断介入,都对其发展起到了推波助澜的有力作用。而它自身,又经历了由"自我游戏"到"大众参与"的过渡,走过了"蒙面交心"和"自我表现"的阶段,又由一拨又一拨的网络写手的探索与打造,日渐形成具有自身特点的新兴文学形式与文学领域。通过这样一个具体而微的追溯和以点带面的叙述,网络文学颇不寻常的发展历史便清晰而鲜明地呈现了出来。这样的一个网络文学简史,对于网络文学领域的人们回顾过去、反思自身,对于网络文学之外的人们走近网络文学,了解基本状况,都很有切实的助益。

其二,对于网络文学的崛起和兴盛,从多个角度给出了令人信服的解说。网络文学的产生不是偶然的,它有着复合性的构成与综合性的原因。从互联网的受众上说,网民们一直呈几何级数的大幅发展，而其中的文学网民也势必越来越多，他们需要构建属于他们自己的文学天地。从传播形式上说，网络的无疆界性与互动性，使网络文学传播迅疾而广大，使它比传统文学更具影响力与诱惑力。从写作和写手的角度说，网络文学的"无门槛"与"自发性"，既切合了文学创作"我手写我心"的要义，又比传统文学具有更大的灵活性与自由度。而网络文学的文本依托于网络技术，又具有多媒体演示、超文本链接等特点，这又是传统文学所无法比拟的。在对这些网络文学内外动因与成因的挖掘中，网络文学自身的种种特点一一显现，网络文学与传统文学的区别也一目了然。这在根本上也进而表明，网络文学实际上是科技与文学发展到这个时代的必然产物。从这样的意义上，也可以说它是应运而生，适时而来。

其三，作者在论著中还如实吐露了自己对于网络文学存在问题的种种思索。网络文学作为一种新生事物，一个新兴板块，它还处于成长过程之中，行进在完善的路途之中，因而，它自身难免还存在不少的问题，自然还面临着不小的挑战。在这一方面，马季也说长论短，洞若观火，在论著的许多章节都不同程度地涉及了问题所在。比如，创作题材的相对狭窄，90%的作品都属于类型化写作。网络文学在借助传统出版手段以扩大影响的同时，又面临一个在迁就和适应传统出版，于传统文学中失去自身特点的危险。而在创作与批评不够平衡的问题上尤其严重，各类作品可谓汗牛充栋，但相应的文学批评与评论却是凤毛麟角，甚至基本缺席。这样一些问题的存在，无一不关乎网络文学自身的健康发展，委实值得从事网络文学和关心网络文学的人们切实加以关注。

网络文学作为一个现实的文学存在，已不可阻遏和不可回避。我曾在一篇文章中论及当下文坛"三分天下"的基本格局，即以文学期刊为阵地的传统文学或主流文学,以出版营销为依托的图书运作或市场文学,以网络信息为平台的网络文学或新媒体文学。网络文学"三分天下"有其一的情形,现在更是毋庸置疑。目前的网络文学不仅与传统文学分离、并立,而且还呈现出方兴未艾的情形,大有在未来的发展中后来居上的势头。但总的来说,有关这一文学板块的状况与内情,因为我们关注不够,了解无多,使它在总体上与传统文学没有形成必要的互动和良性的互补。正是在这样的一个意义上,我看重马季这部有关网络文学发展的论著,并希望这只是我们高度关注和加强研讨网络文学的一个前奏与序幕。

富有多重意义的研究成果

——《浙江网络作家群与网络文学"浙江模式"研究》序

21世纪以来,在我国网络文学的崛起与蓬勃演进中,浙江网络文学在其中一直扮演着十分重要的角色,始终发挥着举足轻重的作用。如今,无论是提到网络文学的创作成就,还是谈到网络文学的重要现象,人们都会首先想到浙江网络文学,并以他们之中的作家作品为代表和坐标。在这个意义上,说浙江网络文学是中国网络文学的半壁江山,当属名副其实,说浙江网络文学是中国网络文学的时代标高,也并不为过。

浙江网络文学的这种迅猛发展与持续繁盛的状况,既给文学的评论与研究提供了绝佳的研究对象,也给网络文学的评论和研究带来了极大的挑战。因为浙江网络文学起步时间早、时间跨度长、聚集作家多、创作的类型丰富、作品的样态丰繁,这使得对它们的研究,既要在现象跟踪上花费极大的气力,也要在作品阅读上下很大的工夫。关注这样一个活跃的文学存在,解读这样一个丰盈的文学现象,虽然面临诸多的难度与挑战,却是网络文学研究的使命与职责所在。正是在这个意义上,读到夏烈主编,22位中青年学者参与撰著的《浙江网络作家群与网络文学"浙江模式"研究》,既令人格外欣喜,又令人充满敬意。因为,他们在最需要的时候,拿出了十分重要的成果,而且分量厚重,成色十足。

《浙江网络作家群与网络文学"浙江模式"研究》主要由三编构成。"上编:浙江网络作家研究",16篇作家论以浙江各个类型的代表性作家创作的网络小说为对象,简述创作历程,梳理主要成果,评说艺术特色。作家与作品本身的特有重量,各篇作家论中各有洞见的学理深度,使得这一部分,特别有阵势,格外有分量。"中编:浙江网络作家群研究",5篇专题文章依次概述了杭州、宁波、温州、丽水、台州的网络作家构成与创作,从地域分布的角度,具体考察了浙江网络文学作家群体与创作现状。"下编:网络文学浙江模式研究",从五个方面观察了浙江网络文学从组织到活动,从平台到产业,从传承到转化等方面的基本架构与主要做法,对于网络文学的浙江模式给予了宏观的考察与精要的概括。可以说,三编内容构成,有个体、有群体、有局部、有全局,彼此衔接,相互映照,史论结合,宏微相间,以评论与创作相结合、理论与批评相兼顾的方式,构成对于浙江网络文学的细节观照与整体考察。

这样一部以浙江网络文学为典型个例的研究著述,在当下网络文学研究乃至网络文学发展中,既是重要的,也是难得的。它具有多方面的重要意义,是毋庸置言的。以我粗浅的阅读感受来看,我以为它在三个方面所具有的意义,是独特而突出的,值得人们高度关注。

第一,通过组合式的作家论,深入而系统地评析了浙江网络文学代表性作家的创作成就与艺术特色。

浙江的网络文学作家,人数众多,质量较高。尤其是拥有各个类型与不同题材领域里的名家大腕,这是别的省(市、区)的网络文学所望尘莫及的。据不完全统计,在浙江,"网络文学创作者超过88万人,活跃的网络文学作家有1300余人"。这种情形,就给作家作品研究的对象选取,也即代表性作家的认定,造成了相当大的难题。但《浙江网络作家群与网络文学"浙江模式"研究》的研究团队,秉持了卓具重要性与影响力的尺度,从大量优秀作家中选择了15位作家和一个创作组合,其典型性无可争议,代表性无可置疑,这种作家的精心选取本身,就以眼光的独到,遴选的准确,令人为之钦佩,为之信服。

网络文学的作家论写作,有一个众所周知的难度,那就是每一个网络作家的创作量,都堪称海量级别,对之进行评论的前提,就是全部阅读其作品,并把这些作品放在作家创作进程与整体文学发展之中,在纵向与横向的参照与比较中,考察其进取,衡估其成绩,论评其优长。可喜的是,16篇作家论,都在有限的篇幅里,做到了对作家创作发展的整体把握,对重要小说作品的深入解读,对主要艺术特色的细节发掘。由这样一个切中腠理、鞭辟入里的单篇作家论,人们对于所论作家的创作发展与艺术追求,有了更为深入和细致的了解,而有这些姚黄魏紫的作家论组合,人们对不同类型创作的各自成就,对浙江网络文学多样又繁盛的整体样貌,都有了更为清晰的认识和更为充分的见证。

我更为在意的,是一些作家论对于作家创作个性和艺术特色的触摸与探悉,这对于显现作家创作的辨识度,以及人们更好地了解作家创作的独特追求,都有极大的助益,个中也能见出评论者揆情度理的用心用意。如"南派三叔小说论",在评说其创作时,特别注意其"尊重人物自身发展"的独特追求,并在与"金手指"等手法的比较中,发掘其创作在"营造中国空间化叙事"方面的创新追求与革新意义。"沧月小说论",特别指出其对武侠小说的另一贡献,是引入"深情、苦情与激情",使得传统义侠叙事走向有义更有情的新变。"阿耐小说论",从对其大量作品细节的阅读中,总结出其创作依凭"实打实的真材料"的特点,又指出其"偏重现实性的局限"。"流潋紫小说论",由其代表性的作品立足,又超越具体作品评析,切近作者的创作初心,指明其创作的要旨在于"向《红楼梦》学习",塑造出"如花的女子"。可以说,许多作家论,因观察细致,见解独到,令人读之有得,读后难忘。如"烽火戏诸侯小说论"的从"故事变革"到"思想革命"的观察;"蒋胜男小说论"的"女性大历史"的"衷情写作者"的概括;"天蚕土豆小说论"的"以人物取胜",书写"少年成为强者"的故事的评判;"管平潮小说论"中的"化用古典文学资源",从而别具"文学性"与"书卷气"观感;"燕垒生小说论"的"历史奇幻","亦真亦幻、真幻难分"的感喟;"梦入神机小说论"的首开"洪荒流",又开"国术流"的评断;"桐华小说论",有关其言情小说,既"提升了爱情叙事的表现力",又存有"女性主体膨胀"的倾向的见解;"蒋离子小说论"的以女性视角观察生活,"探寻女性本体精神之光"的体味;"疯丢子小说论"的"在生活化叙述中守望心灵家园","主题宏大"而"主旨温暖"的评价;"陆琪小说论"的"以职场为舞台"、塑造青年精英的写作,体现出"新媒介文化与大众文化的深度融合"的论说;"曹三公子小说论"的"坚持史传文学传统",走出"历史创意"的独特叙述路径的概括;网络英雄传组合在创作上的跨界融合,人物的英气勃勃,并由"自叙传"到"讲故事"的成功转身的论评。这些有关作家小说创作的评论,都切近着创作进程和作品实际,概述其要点,抓取其特点,阐扬其优点,指出其缺点,做到了客观公正,持论公允,这些对于人们深入了解作家的创作追求与作品特色,都有极大的助益。由此,16篇衔华佩实的作家论,构成了这部著述最为重要的部分,这也为其他相关论述的展开和重要观点的生发奠定了最为厚重的基石。

第二,经由地域作家群落的细致扫描,进而拓展了作家评介与作品评论,深入揭示了浙江网络文学创作的厚实基础和丰繁景象。

在"上编:浙江网络作家研究"之后,"中编:浙江网络作家群研究",由五个专题,分别对杭州、宁波、温州、丽水、台州等地的网络文学进行了作家创作的评述与群体发展的概述。总体来看,这一部分的内容构成,有着两个方面的重要作用。

一是在这样一个地域性板块,不仅对那些领衔性的名家大腕给予了深化性的评说,而且还对"上编:浙江网络作家研究"中未及论评的重要作家,给予了具体的论说与概要的评介,使得更多重要的浙江网络作家进入人们的视野,也给人们展现了浙江网络文学人才队伍的丰厚储备,以及他们在小说创作中各有千秋的文学成就。如,杭州作家群,燕垒生的出道较早和坚持创作所起到的引领作用,以及本土的作家和外来的作家,同台竞技又相互借力。宁波作家群除了惹人眼目的阿耐,还有苍天白鹤、北藤、西樵媛、小佚等人的创作各有气象。温州作家群除了一骑绝尘的蒋胜男,还有圣骑士的传说、侧侧轻寒、那那、云笈等人的不懈探求。丽水作家群在广为人知的蒋离子外,还有随候珠、王巧琳、紫伊281、耳东兔子等作家的艺术探索。台州作家群在影响甚大的沧月之外,还有曹娅、发飙的蜗牛、李异、司马圣杰、迪巴拉爵士、纣胄、王寒等人的小说探索,等等。这些专题文章在梳理作家群落、评说作家创作的同时,还以巡礼性的评论方式,描述出了浙江网络文学的人才济济和创作繁盛的生动状况。

"中编：浙江网络作家群研究"在评介作家创作的过程中，还特别就各地的作家队伍组织、活动平台搭建等方面，给予了应有的观照和简要的勾勒，并简述了其发生的作用与蕴含的意义。虽然在网络作协的组织方面，时间有先后，人数有多少，但这些地市都适时地组建了地方网络作协，并经常开展各种活动。这使得这些地方的网络作家有了自己的组织和平台，从而以组织起来的方式抱团取暖，相互激励。可以说，这些做法不仅影响和推动了作家的创作，联谊和系连了作家的情感，而且这种积极成立组织和主动参与，体现了作家们身份认同的自觉性，文学管理的自主性。这可能是在作品创作的背后，更为重要的东西，或者是推动创作不断向前发展的内在动力。

　　第三，基于深入的创作观察与精到的理论概括，描述出了浙江模式的基本样态，提炼出其精要所在，为中国网络文学的发展提供了有益的借鉴和宝贵的经验。

　　浙江网络文学的快速发展与持续演进，以切实的做法和丰富的实践，走出了自己的创新之路，形成了自己的独特模式。因此，对"浙江模式"进行深入探悉和总体概括，就显得十分必要和至关重要。"下编：网络文学浙江模式研究"，从组织发展、产业开发、平台搭建、传播策略，以及对与传统文学资源的借鉴与转化、对于现实题材创作的出新与拓展等方面，探讨了"浙江模式"的产生与发展、构成与样态、要素与特点。

　　"下编：网络文学浙江模式研究"中的"浙江网络文学的组织发展与模式研究"一文，带有绪言或导论的性质与作用，而且提纲挈领，钩玄提要。文章在概述浙江网络文学重要的时间节点，评点其中重要事件的过程中，就网络文学的浙江模式描述道："网络文学上的'浙江模式'主要具有三个特征。作家作品的类型化创作、不断升级的网络文学组织体系和网络文学全产业链发展"。简而言之，类型化创作、体系化组织、全产业链发展，是网络文学"浙江模式"的三大要素，三大要素的紧密衔接和彼此联动，构成了浙江网络文学蓬勃发展的内力与保障。这样秉要执本的概说，看准了问题，抓住了要害，把浙江网络文学的生存发展，从机制样式到生产方式给予了一个简明的勾勒与精要的概括。这样一个内含别样又独树一帜的"浙江模式"，也进而表明了浙江网络文学不断前行和持续发展的动力所在，支撑所在。在简要论述"浙江模式"的构成、要素与特征的过程中，文章还特别提到浙江得天独厚的文化土壤与渊源深厚的文学传统。文章指出："鲁迅、朱自清、朱生豪、巴金、茅盾、王国维、徐志摩、艾青、周作人、梁实秋等文学名家皆扎根于这片土地，这些深厚的文化底蕴哺育了一大批文学青年，从生长环境和文学素养方面不断对他们产生了潜移默化的影响。"浙江从现代到当代的这些文学大家，几乎占据了20世纪中国文学的半壁江山。可以说，这在文学渊源上很好地诠释了浙江网络文学的人文根底与文脉所系。文章中还谈到了浙江从省到市高度重视网络文学的理论与评论工作，以及理论与评论平台的建设与利用，相关研讨活动的组织与开展，这使评论不仅始终"在场"，而且与创作密切互动，起到了摇旗呐喊的重要作用。这实际上也是"浙江模式"的重要构成元素之一，也不可忽视。

对于"浙江模式"的研究与探悉，以及对其保有的系统性，具有的创新性，内含的科学性的具体阐述和精到论说，做到了有依有据，既使人信服，又给人以启迪。"浙江模式"是浙江网络文学的实践总结和经验提炼，而因为"浙江模式"的前沿性、实验性，以及在网络文学领域里的领先性、示范性，对于全国网络文学的发展以及繁荣，具有重要的作用与意义。从某种意义上讲，这是一种模式，一种经验，也是一个尺度，一个路标。这一模式与这些经验，对于各地的网络文学的健康运行和更大发展有着可资借鉴的重要作用，对于我国网络文学的发展与繁荣具有无可替代的巨大意义。

  文学创作的良性发展，离不开文学评论相随相伴。网络文学的发展，更是如此。毋庸讳言，与快速发展又不断演进的网络文学创作相比，网络文学的评论与研究，在覆盖面和深入度上都有欠缺，尤其是宏观性的考察与整体性的研究明显薄弱。正是这个意义上，我十分看重《浙江网络作家群与网络文学"浙江模式"研究》这一成果的面世。这是一次以团队的方式携手完成的理论出击，而且通过厚重的作家论、坚实的作家群体论、精到的浙江模式探究，对于浙江网络文学，进行了一次带有问题意识、理论锐气和学理深度的文学探究和学术考察。许多论述与看法，都有识有见，有声有色，对于人们认知浙江网络文学的蓬勃发展与活跃现状，获知网络文学的博大精深与个中奥秘，都大有裨益。而且，从这个丰厚的研究成果中，我还看到了网络文学评论的进取与拓展，感到了网络文学研究力量的成长与成熟。而这，是更令人感到满意，为之欣慰的。

  （此文为《浙江网络作家群与网络文学"浙江模式"研究》一书序言）

后 记

自1999年10月在京参加网易举办的"中国网络文学评选"活动起,介入网络文学的年头不知不觉间已有20多年了。

《中国网络文学20年》(欧阳友权主编)有份"网络文学大事记",里边记述了1999年以来与网络文学有关的"新浪网举办接力小说活动","榕树下"举办"首届网络原创文学作品大奖评选",起点中文网举办"全国30省作协主席小说联展"等事件与活动。如许事件与活动,我差不多都参加过。在这一过程中,先是把它看作一种媒体活动,后又看成一种文化现象,及至2008年前后,有关网络文学的看法与认识才有了较大的深化与根本的改变,开始把网络文学看成是新的文学主体的凸显与新的文学群体的崛起,并在2009年撰写了《"三分天下":当代文坛的结构性变化》一文。

2003年,我开始主持《中国文情报告》(又称《文学蓝皮书》)这一重点工程时,就把网络文学纳入进来,列为与小说、诗歌、散文、报告文学等文学体裁平行的专章,请时任中国作家网副主编的马季撰写年度网络文学综述,此后一直延续了下来。由此开始,我在《中国文情报告》的总报告中,既密切关注网络文学自身的演进与成果,又特意观察网络文学作为新的文学板块对于整体文学的撞击与影响。

这样的一些工作，使我的文学视野不断拓展，文学观念也与时俱进地得以变更。后来介入网络文学就更多样也更深入了，包括参与网络文学作品的评选与评奖，参与文学网站的年度作品推介，推荐网络文学作家加入中国作协和地方作协，等等。2012 年，我还以"网络文学值得高度关注"为题，就网络文学的蓬勃发展与尚未得到充分认知和应有关注等问题提出了自己的意见与建议（刊发于中国社会科学院内刊《要报》），呈送有关部门后，当时主管宣传工作的中央领导同志做了重要批示。这些，都可算是为网络文学的发展尽了自己的一点绵薄之力。

毋庸讳言，我的靠近传统文学的价值观念与审美趣味，使我看取网络文学作品时，不可避免地带有浓重的传统文学的色彩，这使我对于网络文学的观感与认识，也经历了一个从犹疑到宽容，再到重视的一个过程。但迄今为止，这种坐在传统文学的位置上看待网络文学的基本状态，仍没有多大改观，而且也很难改变。但我认为，这种不新不旧的姿态，也为当下所需要。它至少可以起一个"中介"与"桥梁"的作用，为传统文学与网络文学的相互走近牵线搭桥，为传统文学与网络文学的相互影响添柴加薪。

我曾在 2020 年 11 月于杭州师范大学召开的中国当代文学研究会第二十一届学术年会的开幕词中说道："新世纪二十年中网络文学的异军突起，给当代文学带来的冲撞与变化，是巨大的，结构性的，甚至是革命性的。""我觉得网络文学及其相关现象与形态的出现与繁衍，事实上已经给当代文学的发展进程，划出了一条显而易见的分界线。使当代文学以新世纪为标线，比较清晰地划分出了前 50 年和后 20 年的不同阶段，即没有网络文学的 50 年和有网络文学的 20 年。"可以说，从 21 世纪开始，当代文学的基本结构与总体

后　记

样貌在发展演进中彻底改变了，而且这样的改变才刚刚拉开序幕，它一定会从文学领域辐射到文艺领域、文化领域，乃至影响整个社会生活。从这个角度看，网络文学仍然处在一个成长与成熟的青春期，方兴未艾。置身于这样一个前所未有的文学时代和文化环境，当是我们的幸运。因此，继续跟踪与观察网络文学的发展演进，依然是我工作的目标之一。

这本有关网络文学的论集能够出版面世，要感谢夏烈先生的精心策划与倾力鼓动，也包括夏烈的助手不断督促，出版社编辑的辛劳工作。来自他们的不同方向的助推力量，促成了这本书的出版，也激励着我继续勉力前行。

白　烨

2022 年 4 月 9 日于北京朝内

图书在版编目（CIP）数据

新世纪文坛与新媒体文学 / 白烨著 . -- 宁波：宁波出版社；杭州：杭州出版社，2022.6
（中国网络文学研究名家论丛 . 第一辑）
ISBN 978-7-5526-4432-6

Ⅰ.①新… Ⅱ.①白… Ⅲ.①网络文学－文学研究－中国 Ⅳ.① I207.999

中国版本图书馆 CIP 数据核字（2021）第 225519 号

中国网络文学研究名家论丛

新世纪文坛与新媒体文学
XINSHIJI WENTAN YU XINMEITI WENXUE

▷ 白　烨　著

策　　划	袁志坚
责任编辑	晏　洋　王　凯
责任校对	余怡荻
装帧设计	金字斋　甘巧丽
出版发行	宁波出版社
	（宁波市甬江大道 1 号宁波书城 8 号楼 6 楼　315040）
	杭州出版社
	（杭州市拱墅区西湖文化广场 32 号 6 楼　310014）
印　　刷	宁波白云印刷有限公司
开　　本	710mm×1000mm　1/16
印　　张	13.75
字　　数	180 千
版　　次	2022 年 6 月第 1 版
印　　次	2022 年 6 月第 1 次印刷
标准书号	ISBN 978-7-5526-4432-6
定　　价	65.00 元

如发现印装质量问题，请与出版社联系调换，电话：0574-87248279
（版权所有　翻印必究）